わんこの
ハッピーごはん研究会《けんきゅうかい》！

堀　直子・作　木村いこ・絵

もくじ

1 女子会とラッキー

「きょうの夕食、冷蔵庫《れいぞうこ》にはいっているわよ。あんたのぶんとおねえちゃんのぶん」

おかあさんがうきうきしながら、いった。

あゆはパタンととびらをあけて、冷蔵《れいぞう》庫《こ》の三段目《だんめ》に、ふたりぶんのサラダとたまごドリアがあるのを確《たし》かめた。たまごドリアはチーズがたっぷりで、とてもおいしそうだったけれど、ふーとため息《いき》がでた。

「あのね、おかあさん……」

あゆは、おかあさんがうきうきするぶんだけ、しゅんとなる心をふるいたたせた。

「ラッキーがね……」

「ごめんね、あゆ、おかあさん、もう行かなきゃ」

高校時代《じだい》の友だちと、会って話して、食べてもりあがる。おかあさんのうきうきのもと、二か月に一度《ど》の女子会。

――それは、わかるけど……。

自動車《じどうしゃ》会社につとめるおとうさんは、きょうも飲《の》み会でおそくなりそう。

「ドリアはちゃんとあたためるのよ。十時には帰ってくるからね」

「おかあさん、あのね、ラッキーのウンチ、ゆるゆるなんだよ。ここんとこ、ずっとそうなの」

あゆは、思いきっていった。

「あした、病院《びょういん》につれていくわよ」

「やよいアニマルクリニックなら、まだ、やっているよ、あそこ七時までだから、ねえ」

「あした、必《かなら》ずつれていくわよ。あらま、もう、こんな時間」

おかあさんたら、風のように行っちゃった。

女子会とラッキー、どっちがだいじなの？

あゆはくしゃくしゃと頭をかきながら、外にでた。

六月の夕ぐれは、まだあかるい。おまけにきょうは、よく晴れた。せまい庭《にわ》でも、緑《みどり》の葉《は》っぱたちは、いきいきと育《そだ》っている。

ヤマモモの木の下で、赤い屋根《やね》のハウスから、ラッキーがひょいと顔をだし、うれしそうにないた。

なんか、くれるの？　とばかりに、あゆに飛《と》びついて、

前あしをおへそのあたりにかけた。

「ラッキー、夕ごはん、さっき、食べたばかりでしょ？」

ゆるゆるウンチのわりには、食欲《しょくよく》あるんだよね。ドッグフードも残《のこ》さずたいらげた。

あゆはラッキーのむねのあたりを、こちょこちょっとなでた。

ラッキーは、三つちがいの中一のおねえちゃんナミが、学校の帰りに見つけてきた。ちょうど十か月前の雨の日だ。

くり色のシバの雑種《ざっしゅ》で、首輪《くびわ》がなかったから、捨《す》て犬だよって、ナミがいった。

生まれて三、四か月ぐらいだろうか？

ナミはラッキーをむねにだきながら、

「お願《ねが》い、あたしがめんどう見るからさ、飼《か》ってよ、お願《ねが》い」

そうったえた。

「見てよ、この子、こんなにふるえてる。うちで飼《か》わなかったら、死《し》んじゃうよ、死《し》んでもいいのっ！」

おかあさんもおとうさんも根負《こんま》けして、ラッキーは弓田家《ゆみたけ》の犬になったのだが、ナミときたら、最初《さいしょ》の一か月だけめんどうを見て、あとはちっともやらない。

理由《りゆう》はこうだ。

部活《ぶかつ》がいそがしくなったからだって。

中一のナミは、テニス部《ぶ》へ入部《にゅうぶ》し、土日も練習《れんしゅう》、顔もうでもまっ黒でちっともセクシーじゃないが、せんぱいたちからすごく期待《きたい》されていると自信《じしん》まんまんだ。

——一年生のなかじゃあ、あたしがいちばんガッツがあるんだってさ。

ナミはむねをはる。

——せんぱいたちの期待《きたい》をうらぎるわけには、いかないんだよね。悪《わる》いけど、ラッキーのめんどう見てるひま、ないの。

うそつき。

あゆは口をとがらせた。
テニス部《ぶ》にはいる前から、なんにもしてないじゃん。
もう、おねえちゃんって、いってることが、超《ちょう》いいかげんなんだから。
けっきょく、ラッキーは、おかあさんとあゆが世話《せわ》をすることになった。
「ねえ、ラッキー」
ラッキーは悪《わる》くない。それどころか、ラッキーはかわいくて、大好《だいす》きだ。

2

キキとアイちゃん

朝の教室で、あゆは、ひとりぽつんと窓《まど》の外を見ていた。

雨の季節《きせつ》のどまんなかなのに、ひとあし早く夏がきたみたい。きょうも、ぎらぎら日ざしがつきささる。

なにがおもしろいんだか、男子たちが、こぐまみたいにはしゃいでいる。大野《おおの》マイカと川口《かわぐち》シオンのあかるい声が、いやでもあゆの耳に届《とど》く。

マイカは、四年一組でいちばん勉強《べんきょう》ができる。背《せ》が高くって、モデルみたい。シオンも頭がいいし、カールした長い髪《かみ》が、とてもかわいらしい。

ふたりのまわりには、生田《いくた》エリコや白石《しらいし》マホや、ほかにもとりまきの女子がたくさんいて、おとぎの国のようににぎやかだ。エリコもマホも、美人《びじん》でおしゃれで、おとぎの国の住人《じゅうにん》にはぴったりだ。

なんか、うらやましい。
あのなかにはいりたくても、はいれない。声をかけようとしても、声がでない。
なんでだろう？
ひとりぼっちは、あたしだけ？
ううん、ひとりぼっちは、このクラスにまだいた。
ろうか側《がわ》のいちばんうしろの席《せき》にすわっている、木下《きのした》モモエだ。
赤いフレームの大きなメガネがトレードマークの、ちょっとおデブなやつ。
あたしも、あの子は、にがてだよ。
クラスのなかでいちばん、とっつきにくいというか……。
目立ちすぎるビジュアルもそうだけど……。
でも、モモエは、ひとりぼっちを、むしろ、とくいがっているところさえある。
マイカだってシオンだって考えつかないような質問《しつもん》を、先生にする。

「生きるために食べるんですか？　食べるために、生きるんですか？」

そんなの、考えたこと、ないや。

木下《きのした》さんって、ほんとうに、かわってるよ。

おかあさんは、女子会のつぎの日、ラッキーを、やよいアニマルクリニックへつれていってくれた。

もし、こわい病気《びょうき》だったら、どうしよう？　って、あゆはその日、授業《じゅぎょう》も上《うわ》の空だったけど、家に帰ると、おかあさんがいったんだ。

「ラッキー、検査《けんさ》したらね、どこも悪《わる》いところはないってさ。軽《かる》い腸炎《ちょうえん》を起《お》こしているだけでしょうって」

おかあさんは、やさしくラッキーの頭をなでた。

「少しドッグフードの量《りょう》をへらしてみてくださいって。お薬《くすり》もいただいたしね。二、三日でなおるわよ」

あゆは、ほっとむねをなでおろしたが、

——けさだって……。

あゆは自分もにがい薬《くすり》を飲《の》んだように、顔をしかめた。

ラッキーのウンチは、前と同じゆるゆるだ。

どうして?

ドッグフードの量《りょう》もへらしたし、おなかのお薬《くすり》だってちゃんと飲《の》んでいるのに。

シオンのはずんだ声が、はっきりと聞こえた。

「名前はね、キキちゃん、チワワの男の子。まだ生まれて、三か月なの」

「こんど見せて」

「わたしも」

「わたしも」

女子たちが口々にいう。

――キキちゃん?

チワワだって。シオンちゃん、犬、飼《か》ったのかな?

あゆは聞き耳を立てた。

「ねえ、こんどさ、マイカんちにつれてきてよ。マイカんちのアイちゃん、キ

キちゃんに、紹介《しょうかい》するから」

マイカがいった。

「うちは、ゴールデンレトリバーの女の子よ。六歳《さい》。マイカににて、超《ちょう》おりこう」

「はいはい」

シオンが笑《わら》った。

――へーえ、マイカちゃんも、犬飼《か》っているんだ……。

ってことは、みんな、犬が好《す》きなのかな？

――あたしと同じ？

意外《いがい》な気がした。

三年のときのもちあがりだから、同じクラスになって、一年以上《いじょう》もたつのに、ぜんぜん知らなかった。

それもそうだよ、だって、話したことなんて、ないんだもん。

――キキちゃんか？　きっと、かわいいんだろうな。アイちゃんは、おりこうさんか。

あゆはもっと耳をすました。

「あっ、ごはん？　マイカんちのアイちゃんは、生の馬肉、食べてるよ。おなかなんて、いままで一度《ど》もこわしたことないし」

――生の馬肉？

馬肉って馬だよね？

馬、食べるんだ、犬が……。

生の馬肉って、おなかこわさないの？　ほんと？

「そうよ、生は、栄養《えいよう》がいっぱいつまっているの。マイカのよーく知ってる獣《じゅう》医《い》さんが、教えてくれた」

「高くない？」

シオンが聞いた。

「もちろん、高いわよ」

マイカがいった。

「アイちゃんには、アレルギーがあって、トリもブタも牛肉もだめなのね。だから、少しぐらい高くても、馬肉にして超《ちょう》よかったの」

「キキちゃんはね、ちょっと、好《す》ききらいがあるみたい。おやつばっかり、食べてるの」

──アレルギー？　好《す》ききらい？

「アイちゃんの馬肉は、熊本《くまもと》から直送《ちょくそう》よ。熊本《くまもと》は、パパのいなかだし、うちのパパって、馬のお刺身《さしみ》が大好《だいす》きだから。人間のぶんとアイちゃんのぶんと、いっしょに送《おく》ってもらう。マイカもときどき食べるわ。よかったら、キキちゃんにも、馬肉送《おく》ってあげようか？」

「マイカちゃんちって、超《ちょう》肉食系家族《けいかぞく》だね」

シオンがくすっと口もとをおさえた。

3 散歩《さんぽ》の途中《とちゅう》

ラッキーのリードを引いて、あゆは若《わか》木《ぎ》公園まで行った。深《ふか》い緑《みどり》においしげるハザクラが、ゆったりと風に吹《ふ》かれている。

ラッキーがいそいそと草むらのにおいをかぎはじめた。

「ウンチ、いいのが、でるかな？」

きょうこそ、きょうこそだよ。

だって、お薬《くすり》飲《の》んで、もう一週間になるもの。

ビニール袋《ぶくろ》をラッキーのおしりの下にもっていって、タイミングよくうけとる。

——あれっ？

あゆは首をかしげた。

——やっぱ……ゆるい。

「ラッキー、おなか、どうなってるの？」

おかあさんが〈お米のこめやすショップ〉から買ってくるドッグフードは、むしゃむしゃよく食べるのに。

「ラッキー……」

まんまるい鼻《はな》が少しかわいて、かさかさしている。くり色の毛も逆立《さかだ》って、つやがない。

ラッキーがふんふんとあゆの手をなめた。心配《しんぱい》しないでよって、いっているみたいに。

「でもさ、心配《しんぱい》なんだよ、あたし」

あゆはラッキーのほっぺたを、むにゅっとつまんだ。

――馬肉か……。

マイカがいっていた馬肉というフレーズが、あゆの頭のなかで、大きくひびきわたる。

〈こめやす〉さんには、そんなの売ってなかったな。

ふう。

あゆはけだるい汗《あせ》をふいた。

ラッキーが食べるドッグフードは、〈こめやすプレミアム〉（略《りゃく》して〈こめプレ〉）っていう名前で、二キログラム、たしか一九八〇円。〈こめやす〉さんおすすめのドッグフードだ。

ラッキーの体重《たいじゅう》は子犬のときからぐーんとふえて、十キロをこえた。一日約《やく》二〇〇グラムを食べるので、〈こめプレ〉が一か月に三個《こ》いる。あとは、おやつやらをふくめると、ごはん代《だい》は一万円近くかかる。

もっと体重《たいじゅう》がふえたら、もっといる。

――あたしの一か月ぶんのおこづかいより、ぜんぜん高いや。

ごはんだけじゃない。予防注射《よぼうちゅうしゃ》やフィラリアのお薬《くすり》や、健康診断《けんこうしんだん》とかもしなくちゃいけない。

おかあさんが、犬を飼《か》うって、けっこうお金がかかるものなのねって、ぐちこぼすのも、わかる気がする。

――馬肉なんてむりだ。

お金もちの人しか、犬って飼《か》えないのかな？

あれ？

むこうから、モップみたいな毛の長い灰色《はいいろ》の犬を、二匹《ひき》つれてやってくる女子。

――木下《きのした》モモエだ。

あゆはびっくりした。

――木下《きのした》さんも、犬飼《か》っていたんだ。

マイカちゃんもシオンちゃんも、犬飼《か》っているなんて知らなかったし、けっこううちのクラスって、犬飼《か》っている人多いのかな？

それにしても、モモエと、若木《わかぎ》公園で会うなんて、はじめてだ。

あゆはどうやって声をかけようかなと思った。それとも無視《むし》しようか……。

「弓田《ゆみた》！」

すかさずモモエが叫《さけ》んだ。

「弓田《ゆみた》んち、こっちだっけ?」

モモエのあとから、よたよたと、まるで地面《じめん》をその灰色《はいいろ》の長い毛で、はきそうじしているように、二匹《ひき》がついてくる。

——木下《きのした》さんの犬って、ずいぶん年とってるんだな……。

どんな種類《しゅるい》の犬なんだろう?

「うん、まあ。木下《きのした》さんこそ……」

——モップ犬なーんて……。

ぎろっとモモエが目をむいた。

「散歩《さんぽ》コース、変《か》えたんだよ」

「う、うちのラッキーは、一歳《さい》ちょっとだけど……」

「ふうん」

ラッキーがモモエを見て、しっぽをふった。

「木下《きのした》さんとこは……な、何歳《なんさい》?」

「こっちは、十八歳《さい》」

ややか小さめの犬を指《ゆび》さして、モモエがいった。

「で、こっちが、十七歳《さい》」

「うっそ」

——超《ちょう》長生き！

「ヨークシャーテリアの雑種《ざっしゅ》だよ。ヨーキーにしちゃあ、でかいけど。きなこと小鉄《こてつ》。親子だよ」

二匹《ひき》は顔もそっくりで、その顔にも長い灰色《はいいろ》の毛がおおいかぶさっている。宝石《ほうせき》のようにきらっと光る目が、毛のあいだから、じっとあゆを見つめている。

ラッキーにくらべたら、かなり小さい。

「こ、こんにちは。きなこちゃん、小鉄《こてつ》くん」

「きなばーとこてじーで、いいんだよ」

モモエがにやっと口をあけた。

「もう、じじばばだから。人間でいったら、九十歳《さい》だろ」

「すごいね、病気《びょうき》とかしないの？」

「そりゃあ、たまにはね」

モモエがいった。

「おなかは……だいじょうぶ？」

「いまんとこね」

「ドッグフードは、なに食べてんの？」

——まさか、馬肉……？

くしゃっと顔をしわだらけにして、モ

モエがいった。

「うち、手作りだから」

「手作り？」

「おたくはドッグフード？」

「う、うん」

「どこの？」

「こ、〈こめやす〉さんとこのプレミアム」

「ええっ」

モモエが声をあげた。

「だめじゃん」

「どうしてよ？」

「やばいじゃん」

「どうして、やばいの？」

「やばいったら、やばいんだよ」

モモエは犬たちをつれて去《さ》っていった。きゃーやばいやばいって、連発《れんぱつ》しながら。

公園のベンチにすわって、あゆは口をへの字に曲《ま》げた。ラッキーが足もとでふせをしている。あゆを見あげて、首をかしげる。

あれ、散歩《さんぽ》、もうおわりなの？　とでもいっているようだ。

「ラッキーの食べているドッグフードが、やばいって、木下《きのした》さんにいわれたんだよ。ねえ、ひどいよね」

なんか、こてんぱんにノックアウトされたみたい。子犬のころからずっと、食べてきたフードなのに。

「うちは、ラッキーに、やばいごはんをあげていたの？」

〈こめプレ〉ってそんなに、よくないドッグフードだったの？

あゆはどきっとした。

ラッキーのゆるゆるウンチの原因《げんいん》が、もしかして、〈こめプレ〉にあるんだったら……。

あゆはもっと、どきっとした。

おねえちゃんは、なんでもよく食べるけど、おそばだけはだめなんだ。

いつかそば粉《こ》のはいったおかしを食べて、急《きゅう》に気分が悪《わる》くなって、救急車《きゅうきゅうしゃ》ではこばれたっけ。病院《びょういん》で検査《けんさ》してもらったら、そばアレルギーだって、わかったんだ。それ以来《いらい》うちでは、年越《としこ》しそばじゃなくて、年越《としこ》しうどんになっちゃった。

あたしもおかあさんもおとうさんも、おそば、だいじょうぶなのに。

あゆはむねのどきどきが、おさまらなかった。

もしかして、ラッキーの食べている〈こめプレ〉は、ラッキーにとって、だめなものが、はいっているってことなのか?

おねえちゃんのおそばみたいに?

それが原因《げんいん》でウンチがゆるいの?

「わかんないや、もうっ」

あゆは頭をこんこんたたいた。

木下《きのした》さんって、人のこと、こんなになやませるなんて、いやなやつ。超《ちょう》いじわる。

ううん。

あゆはしゃんと顔をあげた。

なやんでいたってはじまらない。

――だったら、木下《きのした》さんに聞いてみようよ。

あしたまで、まてないんだ。


ラッキーは警察犬《けいさつけん》にでもなったように、モモエが消《き》えていったあとを、くんくんたどっていく。

「いいのかな？　あっているのかな？」

さっきから同じ場所《ばしょ》を、ぐるぐるまわっているような気がする。

「木下《きのした》さんは、どこに消《き》えたか？」

ああ、そうか。

木下《きのした》さんのにおいより、きなばーやこてじーのにおいのほうが、ラッキーには、かぎやすいかもしれない。

「ラッキー、きなばーとこてじーのにおいを、追《お》えっ」

すこし大きな道にでた。コンビニと保育園《ほいくえん》がある。

あっ。

コンビニの前の電柱《でんちゅう》に、きなばーとこてじーがつながれていた。ワンとラッキーが鳴いた。

「木下《きのした》さんっ」

コンビニからでてきたおデブな赤いメガネ。

やっと見つけた。あゆはかけよった。

だのに、モモエは知らんぷりで、きなばーとこてじーのリードを電柱《でんちゅう》からはずすと、黄色いバラがへいにそって咲《さ》く、路地《ろじ》へはいっていった。

「あのねっ」

「なんだよ、うちのあと、ついてきて」

モモエがぎろっとあゆをにらんだ。

「弓田《ゆみた》、ストーカーかよ」

「えっ！」

なによ、ひどい。

ほんと、頭にくる。

「だれが、ストーカーよっ」

長屋《ながや》のような平屋《ひらや》が、何軒《げん》かくっついて建《た》っていた。あゆは目をみはった。そのいちばん手前の家ときたら、きれいな緑《みどり》の庭《にわ》のあちこちに、野菜《やさい》がたくさん実《みの》っていたからだ。

小学一年生ぐらいの男の子が、ひょいと門から顔をだした。

「ねえちゃん、きょうは、ぼくが、散歩《さんぽ》にいこうと思ってたのに」

きなばーとこてじーが、うれしそうにしっぽをふった。

「いいんだよ、シン。それよか、これ、おやつ」

モモエは、シンの頭をぽんぽんたたいた。

「いっぺんに食べちゃ、だめだぞ」

「わかってるよ、ねえちゃん」

シンはおかしの袋《ふくろ》をうけとると、にっこり笑《わら》い、家のなかにはいっていった。

「弟さん？」

あゆは聞いた。

「うん」

モモエが答えた。

「弓田《ゆみた》は？」

「おねえちゃんがいる」

「……おねえちゃんか……うち、ほしかったな」

モモエがしんみりといった。

「あたしは、弟がほしかったな」

「うっそ」

いっしゅん目があって、ふたりは笑《わら》った。

――いけないいけない、敵《てき》に笑顔《えがお》を見せては。

あゆはせきばらいした。

「ここが木下《きのした》さんの家?」

「弓田《ゆみた》、うちになんの用?」

モモエがいつものしかめっつらにもどった。

「いそがしいんだけどね」

「さっき、木下《きのした》さん、いったよね」

あゆはモモエにせまった。

「〈こめプレ〉が、やばいって」

「じゃあ聞くけど……」

モモエがあきれたようにいいはなった。

「弓田《ゆみた》、〈こめプレ〉の原材料《げんざいりょう》とか、見たことあんの?」

4
ドッグフードの原材料《げんざいりょう》？

家に帰ると、あゆはいそいで、〈こめプレ〉のパッケージの裏《うら》を見た。モモエが、原材料《げんざいりょう》ぐらい、飼《か》い主《ぬし》なら確認《かくにん》しなくちゃだめだろって、あのあと何度《ど》もいったからだ。

かわいいピンクの犬の絵がプリントされたパッケージの裏側《うらがわ》には、小さな文字で、原材料《げんざいりょう》が書かれてあった。

「これだ」

こんなの一度《ど》も見たことなかったな。たぶん、おかあさんも。

「原材料《げんざいりょう》　～トウモロコシ、小麦、米、ビートパルプ、チキンミール、ビーフミール、カボチャパウダー、ジャガイモパウダー、ミネラル、ビタミン……」

原材料《げんざいりょう》のなかで、最初《さいしょ》に書かれているものが、ドッグフードでいちばん多く使《つか》われているんだよと、モモエは、つばを飛《と》ばしながらいったっけ。

――〈こめプレ〉ってさ、穀物《こくもつ》が多いんだよな。肉が最初《さいしょ》にこなくちゃいけないのに、トウモロコシ、小麦、米ときている。穀物《こくもつ》をいっぱいいれれば、かさがふえるじゃん。肉じゃないぶん、原料費《げんりょうひ》も安《やす》くおさえられるしね。「ビートパルプ」も、サトウダイコン……ほらおさとうがとれるやつあんだろ。そのしぼりかすでさ、栄養《えいよう》にもなんない、ただのかさましだって、おかあさん、いってた。

そういえば、〈こめプレ〉は、ぷーんと油《あぶら》っぽいにおいがして、手にべたついた。

――「チキンミール」や「ビーフミール」だって、あれ、肉の部分《ぶぶん》はほとんどなくてさ、捨《す》てる部分《ぶぶん》をくだいて、粉末《ふんまつ》にしたやつなんだ。毛とかツメとか、

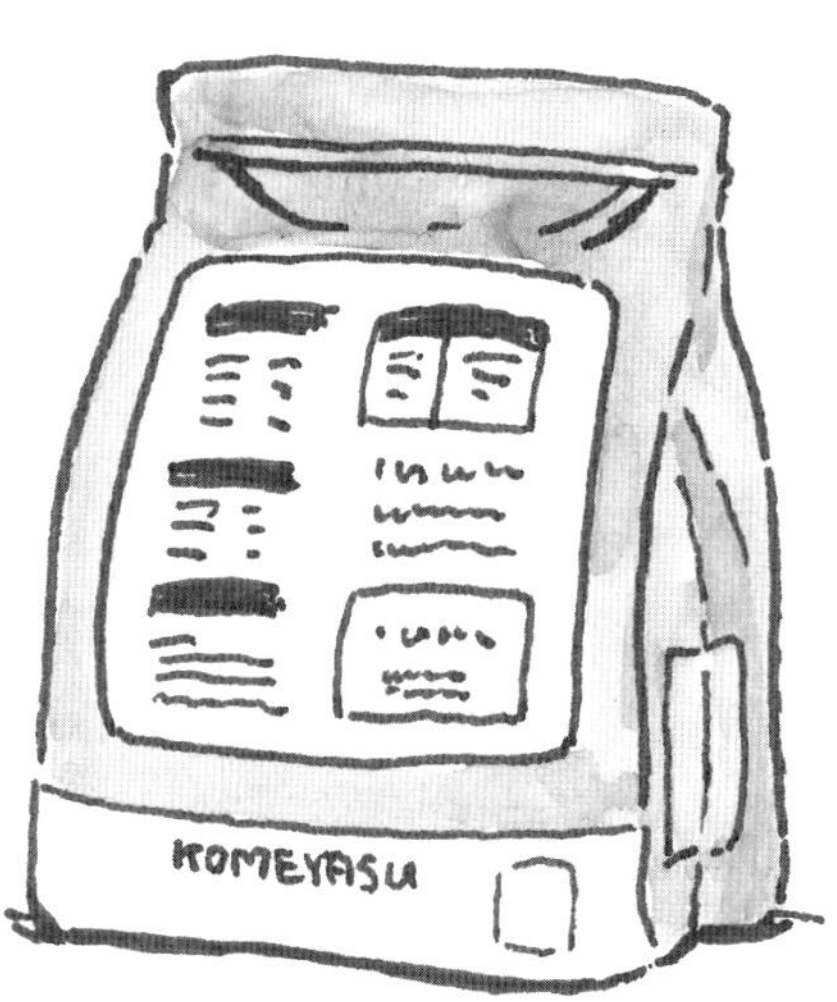

腸《ちょう》のなかのフンまでまじっている。もっとやばい病気《びょうき》で死んだ動物《どうぶつ》の肉とか、へんな油《あぶら》とか使《つか》っていたりもするんだ。

ええっ！

それにしても、木下《きのした》さんは、どうしていろいろ知ってんの？

——きなばーもこてじーも、もともと、うちのおかあさんが飼《か》ってた犬なんだ。おかあさん、若《わか》いころ、動物《どうぶつ》の栄養管理士《えいようかんりし》になりたかったんだよ。動物《どうぶつ》が大好《だいす》きだから。いろいろ勉強《べんきょう》してがんばっていたんだけどね。でも、保育園《ほいくえん》の給《きゅう》食係《しょくがかり》になっちゃった。ほら、コンビニのとなりの保育園《ほいくえん》、あそこにつとめてんの。おとうさんと離婚《りこん》した直後だったし、お金のためっていうか、それが手っとり早かったんだろうな。

弓田《ゆみた》んとこもそうかもしんないけど、うちのお米は、〈こめやす〉で買っているんだ。店のはじっこに、ペットフードコーナーって作ってあるじゃんか。おかあさん、いそがしさもあって、ついつい買ってしまった。

うちもだよ。

――で、よーく、原材料《げんざいりょう》を見たらさ、がーんってなって……。

あたしも、がーんだよ、木下《きのした》さん。

――ドッグフードって、袋《ふくろ》からざざっとだせばいいだけだろ。かんたんじゃん。でもね、おかあさん、穀物《こくもつ》が多いのと、チキンミールとかビーフミールとか、すごく気になるって、メーカーに問《と》いあわせたんだ。そしたら、うやむやにされて……。

〈こめやす〉は米だけ売っていりゃあいいのに、ドッグフードにまで、手をだすなんて。それも、いいドッグフードならともかくさ。

モモエのことばがびんびんひびく。

――犬にとって、いちばん大切なのは、肉だよ、弓田《ゆみた》。タンパク質《しつ》。その肉の正体があいまいなのは、超《ちょう》こまる。〈こめプレ〉は、タンパク質《しつ》をへらして、穀物《こくもつ》でかさまししてるんだよな。でも、犬ってさ、穀物《こくもつ》があんまり消化《しょうか》できないからさ。

ほんと？　ほんとなの？

あゆはちょっと信《しん》じられない気分だった。

お米って、いけないの？

ラッキーはよく食べるけど。

――〈こめプレ〉みたいなドッグフード、いっぱいあるよ。もっと安《やす》いねだんのもあるけど、保存料《ほぞんりょう》とか着色料《ちゃくしょくりょう》とか、添加物《てんかぶつ》ががんがんはいっている、〈こめプレ〉よりも、超《ちょう》あぶないやつ。

あぶない？　ほんとに？

――で、おかあさんがいろいろ考えて、やっぱり、手作りにしようってことになったんだ。じゃあ、せめて、おかあさんがいそがしいときは、うちが作るよってて、名乗《なの》りをあげて……おかあさんに作りかた、いろいろ教えてもらった。いまじゃあ、それが、毎日、うちの仕事《しごと》になっちゃった。

そのあとで、木下《きのした》さん、顔をぐっと引きしめたっけ。

――弓田《ゆみた》、自分ちの犬なんだから、犬を守《まも》ってあげられるのは、自分しかいないんだから。

だから、あたしは、おかあさんにいったんだ。

「ねえ、これから、ラッキーのごはんは、手作りにしない？」って。

おかあさんたら、そんな時間ないわよだって。女子会に行く時間はあるくせに。

もうっ。

「だいいち、犬の手作り食って、どうやって作ったらいいかわかんないでしょ。ドッグフードのほうが、栄養《えいよう》がとれるはずよ」

「ちがうんだよ、おかあさん」

あゆは、おかあさんに、〈こめプレ〉の原材料《げんざいりょう》を見せた。

「ここにほら、トウモロコシとか小麦とか、書いてあるでしょ。〈こめプレ〉は、犬が消化《しょうか》しにくい穀物《こくもつ》を、いっぱい使《つか》っているんだよ」

モモエから聞いて仕入《しい》れた知識《ちしき》を、そのままおかあさんに伝《つた》える。

「お肉だって、やばいお肉を使《つか》っているかもしれないの」

KOMEYASU

「やばいってなにが？」

「病気《びょうき》で死《し》んだ動物《どうぶつ》の肉だよ」

「まさか。〈こめプレ〉は、そこそこいいおねだんなのよ」

「でも、よくない材料《ざいりょう》で、作っているんだよっ」

――ちゃんと勉強《べんきょう》してよね。

「だったら、どんなドッグフードを選《えら》んだら、いいんですかっ？　原材料《げんざいりょう》のやばくない高いやつ？　あんたのおこづかい、へらしてもいいんならね」

おかあさんたら、逆切《ぎゃくぎ》れした。

これ以上《いじょう》たのんでも、むりみたい。

いいドッグフードにかえたとしても、おこづかいをへらされてはかなわない。

やっぱり手作りしかないのかな？

だったら、だれが手作りごはんを？

だれが、ラッキーのために作るっていうの？

——あたし？

木下《きのした》さんがいそがしいおかあさんに、名乗《なの》りをあげたように、あたしも、名《な》乗《の》りでるの？

——弓田《ゆみた》あゆ、ラッキーの、犬ごはんを作ります。

あゆは頭をぽりぽりかいた。

できるかなーあたしに？

——できるかなー。

5 勇気《ゆうき》をだして

昼休み、あゆは、モモエの席《せき》にちかづくと、そっといった。

「あのさ……」

きょうは朝から雨だ。それもたたきつけるような雨。

教室ではしゃぎまくる男子の声が、雨の音にかきけされて、少しはましだ。そのかわりマイカやシオンのかん高い声が、楽器《がっき》のようにひびいてくる。

「あの……」

モモエは、いつものように返事《へんじ》をしない。

このあいだの木下《きのした》さんとは、ぜんぜんちがう。

あんなにおしゃべりしてくれたなんて、うそみたいだ。

いったいどっちが、ほんとうの顔？

弟のめんどうを見たり、おかあさんのお手伝《てつだ》いをしたり……。

だいいち、毎日手作りごはんを自分ちの犬にあげるなんて、だれにでもできることじゃない。

——そうか、それで、きなばーもこてじーも長生きなんだ。

「あのさ、木下《きのした》さん」

思いきって声を強めた。

「きなばーやこてじーは元気？」

——ちがうちがう、こんなことをいいたかったんじゃない……。

「それが？」

モモエはそっけない。

「木下《きのした》さん、あのね、聞きたいことがあるんだけど」

モモエがぎろっと目をむいた。

「ラッキーの……ウンチのこと」

相川陽人《あいかわはると》と木村《きむら》たくみが、あゆのうしろではやしたてた。

「ウンチだってさ」

「ウンチウンチ。くっさいくっさい」

クラスの優等生《ゆうとうせい》、山本《やまもと》ゆうたや吉田翼《よしだつばさ》まで仲間《なかま》にくわわった。

「弓田《ゆみた》、なに、ウンチ、もらしちゃったって？」

ゆうたが大きな声でいった。どっと男子たちが笑《わら》った。

あゆは下をむいた。顔がかっと熱《あつ》かった。

マイカやシオンたちが、じっとこっちを見ている。はずかしくて、火がでそう。

「うるさいよ」

モモエがとつぜんどなった。

「おまえら、ウンチをばかにすんなよ！」

——木下《きのした》さん……。

「いいウンチは、健康《けんこう》の証拠《しょうこ》。知らねえのかっ」

「おまえらにいっておくが」

モモエはまゆをくいっとあげた。

「人間にとって、いい食べ物が必要《ひつよう》なように、犬にとっても、いいフードが必《ひつ》要《よう》なんだ、ぜったいに」

「木下《きのした》さんっ」

「いいフードを食べれば、いいウンチがでる。ぴかぴかつやつや光ったウンチが」

「こわっ」

ゆうたがいった。

「ちょーこわ」

翼《つばさ》が肩《かた》をすくめた。

「こわーい、木下《きのした》、こわーい」

男子たちが、捨《す》てぜりふを残《のこ》して教室からでていった。

あゆはまだむねのふるえが、おさまらなかった。

——木下《きのした》さん、助《たす》けてくれたの？

「あ、ありがと」

「べっつに」

「ちょっとちょっと」

マイカが急《きゅう》にわりこんできた。

「あんたたちも、犬飼《か》っているの？」

あゆはうなずいた。

「きゃっ、なに犬？」

こんどはシオンがいった。

「うちのは、ミックス。ラッキーっていうの」

「ラッキーくん？」

「うん」

「うちは、キキちゃん」

「……知ってる」

「ほんと？」

シオンがにこにこした。あゆは思ってもみなかった。

なんだか、ずっと前からの友だちだったようにシオンと話ができる。

「モモエは？」

マイカがたずねる。

モモエがそっぽをむく。

「あ、あのね、きなばーとこてじー」

かわりにあゆが答えた。

「きなばー？　こてじー？」

「なんとかテリアの雑種《ざっしゅ》だって」

「ヨーキーだよ、ヨークシャーテリア、覚《おぼ》えろよ」

モモエが口をとがらせた。

「十七歳《さい》と、十八歳《さい》なんだよ」

「すっごぉい」

マイカとシオンが目をまるくした。

「木下《きのした》さんって、手作りごはんしてるから、長生きなんだよね、きっと」

あゆはいった。

「手作りごはん？」

マイカがびっくりした。

「へーえ」

あゆは飼《か》い犬のために、ごはんを毎日手作りしている、モモエの意外《いがい》な面《めん》を伝《つた》えた。

「すごいね」

シオンがむねの前で手をあわせた。

「モモエちゃんってさ、めがねのおくが、いつも、こーんなふうに、こわいじゃん」

こんどはエリコがいった。

エリコは両手で、自分の目をきゅっとつりあげた。

「犬にだけは、やさしいんだ」

マイカがぷっとふきだした。

モモエがいーっと口をつきだした。

「それだけじゃないんだよ。木下《きのした》さんって、弟思いっていうか、おかあさんのお手伝《てつだ》いも、けっこうやってるみたい」

「あんたたちさ、いつのまに、仲《なか》よくなったわけ?」

マイカがじろじろあゆを見た。

「犬の手作りごはん研究会《けんきゅうかい》でも、ふたりして作ったわけ?」

犬の手作りごはん研究会《けんきゅうかい》?

あゆはきょとんとした。

「てかさ、弓田《ゆみた》、おまえ、なんかうちに、話したいことがあったんだろ？

ラッキーのウンチが、どうかしたのかよ？」

そうだった、すっかりわすれていた。

「おなかでもこわしたの？」

マイカがとつぜんつめよった。

マイカのなにかいいたそうな大きな目に見つめられて、あゆは、どぎまぎした。

木下《きのした》さんに話すつもりだったのに。

マイカもシオンもそのとりまきたちもいるところで、ラッキーのウンチの話をするなんて。

「うん、あのね」

あゆは、勇気《ゆうき》をもって、口をひらいた。もう三週間も、ラッキーのおなかの調子《ちょうし》が悪《わる》いこと。

「それって、まずいんじゃない？」

マイカが、おでこにしわをよせた。

「かわいそう、ラッキーくん」

シオンが同情《どうじょう》した。

「マイカの知りあいの獣医《じゅうい》さん、紹介《しょうかい》するよ」

「えっ？」

「市民図書館《しみんとしょかん》のとなりのとなり。プラザビルの一階《かい》にある、サクラクリニック。そこの先生って、マイカのいとこなの。おにいちゃん先生って、マイカは呼《よ》んでる」

「そうなんだ」

シオンがうなずいた。

「マイカのパパって、四人姉弟《きょうだい》の末《すえ》っ子なのね。おにいちゃん先生は、パパのいちばん上のおねえさんの息子《むすこ》なんだ。だから、いとこっていっても、マイカとは、年がうーんとはなれているの。けっこうイケメン」

「きゃっ、見てみたい」

エリコとマホがいった。

「馬肉をすすめてくれたのも、いとこのおにいちゃん先生」

でた、馬肉。

マイカちゃんとくいの馬肉。

モモエが、マイカの声をさえぎるようにして声をはりあげた。

「こてじーがおなかこわしたときね、うちのおかあさん、くずがいいわよって
いってたな」

「くず?」

あゆは首をかしげた。

「くずの粉《こな》のことだよ。片栗粉《かたくりこ》じゃないよ」

「あのプルプルしたやつ?」

シオンが聞いた。

「トリのダシでとったスープは、わかる?」

「うん」

あゆはいった。

「スーパーのトリ肉でいいよ、それを、ナベで煮《に》て、スープだけを使《つか》うの。肉のほうはいらないの」

「いらないの？　捨《す》てちゃうの？」

シオンが聞いた。

「もったいないだろ。あとで、人間用に使《つか》えばいいよ」

あゆはくすっとした。

——木下《きのした》さんって、ワンコのごはんも人間のごはんも、いっしょなんだね。

「トリダシスープに、くずでとろみをつけて、ラッキーにあげてみたら？」

「それで、なおるの？」

あゆはシオンと顔を見あわせた。

「なおるかどうかは、まだわからない。でも、くずって、おなかんなかをきれいにしてくれるし、あたためてくれるし。おなかに、すごくやさしい食材《しょくざい》なんだ」

——さすがだね、木下《きのした》さん。

あゆはモモエがいったことを、ノートにちゃんとかきとめた。

くずのとろみ、トリダシスープか。

くずって、葛湯《くずゆ》のことかな?

そうか、おなかをこわしたときに、飲《の》んだことがあるよ……。

おかあさんが作ってくれたんだ。

なんだ、どうして気がつかなかったんだろう。

——おなかをこわしたときは、犬も人間もいっしょか。木下《きのした》さんのいうとおりじゃん。

さっきマイカのいった、犬の手作りごはん研究会《けんきゅうかい》ということばがうかんだ。

ノートにメモをとりながら、なんだか、そんな研究会《けんきゅうかい》がいまここで、できあがったような気がした。

マイカちゃんとシオンちゃんも、はいってくれたなら……。

ううん、ばかにされるのがおちだ。

あゆは、そんな考えをいそいでふりはらった。

「きょう家に帰ったら、さっそく、やってみるね」

「もし、うちのいったメニューでだめだったときは、病院《びょういん》につれていってみればば」


モモエが、ちろっとマイカをにらんだ。

「そんなんで、なおるのかな～」

マイカがモモエに対抗《たいこう》するようにいった。

五時間目の始業《しぎょう》ベルが鳴った。

「こわい病気《びょうき》だったら、まずいよ」

マイカが席《せき》につきながら、またモモエをちらっと見た。

6

くずと格闘《かくとう》？

「おかあさん、くずってあったっけ？」

あゆは家に帰るやいなや、おかあさんに聞いた。

「どうするの、くずなんか」

おかあさんが首をかしげた。

「きょうは、ラッキーのごはん、あたしが作るからね」

おかあさんがびっくりした。

「ラッキーのゆるゆるウンチ、もしかしたら、〈こめプレ〉のせいかもしれないの。しばらく、ドッグフードはお休みにするの」

「それで、くずをとかして、ごはんがわりに？」

「うん」

「犬でもおなかをこわしたときは、くずがいいなんて、はじめて聞いたわ」

おかあさんがいった。

「あゆ、あんたひとりで、できるの？」

おかあさんはとだなのおくから、くずの袋《ふくろ》をとりだして、あゆの目の前においた。

――これが、くず。

袋《ふくろ》からスプーンですくいだすと、さらさらしっとり、粉雪《こなゆき》のようにまっ白いこまかな粒《つぶ》が、とてもきれいだ。

「味《あじ》ないね」

あゆはなめてみた。

「そりゃあそうよ」

あゆは、スプーンで五はいほど、ナベのなかにふりいれた。ガスコンロの火にかける。

「だめだめ、あゆ、水でといてから」

おかあさんがあわてた。

「うんもう、わかったよ、おかあさんはあっちへ、行っててよ」

そうだよ、木下《きのした》さんだってできたんだ。あたしだって、あたしだって……。
――よーし、おちついて。
水でとかすと、くずはすぐにとけた。
なんてきれいなミルク色をしているのだろう。火にかけながら、菜《さい》ばしで、
ナベのなかをぐるぐるかきまわす。
あっ。
ナベの底《そこ》から、ぐつぐつ透明《とうめい》なあわがふきあがり、くずがとろりとしてきた。
「あれあれ」
ミルク色が銀《ぎん》色にかわった。
銀《ぎん》色のよどみは、うねりながら、その色を消《け》し、いつのまにか透明《とうめい》になる。
すきとおった海みたいだ。
あれ？
しゅんかん、海がかたまった。菜《さい》ばしをからめとって、こつんこつんにかたくなった。

――くずって、生きているみたい。

あゆは菜《さい》ばしにまとわりついた、みずあめみたいなくずを、ちょっと味見《あじみ》した。

「やっぱり、味《あじ》がしない」

はたして、ラッキーは食べてくれるのだろうか？

「あひゃっ」

あゆはなさけない声をあげた。

トリダシスープをとるのを、わすれていた。

「おかあさん、おかあさん、トリ肉、ある？」

「冷凍庫《れいとうこ》にはいっているけど」

「少し、わけてもらえる？」

おかあさんがナベのなかをのぞきこんだ。

「ラッキーのごはん作りも、たいへんなのね」

「そんなこと、ないよ」

あゆはこおったままのトリ肉をナベにいれ、水をそそぎ、沸騰《ふっとう》するまでまった。

ぶくぶくっとあくがでてくる。

ナベの中身《なかみ》が半分ぐらいになるまで、煮《に》つめて、小さめのザルをどんぶりのなかにいれ、そこにざーとながしこむ。

このやりかたも木下《きのした》さんが教えてくれた。

——とれたとれたよ、トリダシスープ。

半透明《はんとうめい》な、やさしいあまいかおりのするスープ。

これならラッキーも飲《の》んでくれるだろう。

あゆは、トリダシスープをさましてから、ラッキーのお皿《さら》にうつし、こつんこつんに、かたまったくずをほぐして、いれた。

——犬に熱《あつ》いものをあげちゃ、だめなんだ。

まるで流氷《りゅうひょう》のように、ちぎれたくずがスープの海を、あちこちさまよっている。

「ラッキー」

庭《にわ》にでて、ラッキーの口もとに、お皿《さら》をもっていく。

「きょうのごはんは、いつもとちがうけど、すごくおいしいんだよ」

ラッキーがクゥーンと鳴いた。舌《した》なめずりする。

「ほーら、食べな」

ラッキーはおそるおそる、口をお皿《さら》に近づけた。くんくんにおいをかぐ。かいでは、あゆを見あげる。これ、食べられるの？　とでもいっているみたいだ。

「いいんだよ、食べな」

「クゥーン」

ラッキーは、ゆっくりとくずの海に口をつっこんだ。

夜中、あゆはこっそり、台所《だいどころ》へやってくると、くずを大さじ一ぱい、ナベにいれ、水でとかした。

――ラッキー、ごめんね。さっきのは、少し食べづらかったよね？

こつんこつんとした、かたいくずに、なっちゃったから。

おかあさんが、くずをむだにしてはいけないといったので、何回もやりなおしはできないけど……。

水の分量《ぶんりょう》は、きっちり二〇〇cc《シーシー》にしてみた。

あゆは火にかけながら、菜《さい》ばしでかきまわす。

火のかげんは、オーケー。

くずは濃厚《のうこう》なミルクの白い海から、とろとろのきれいな透明《とうめい》な海に変身《へんしん》する。

――ゼリーみたいに、やわらかいじゃん。

あゆはそれを深めのお皿にうつした。

これでいいや。

あゆはメモした。

（くずは、大さじ一ぱい、二〇〇ｃｃ《シーシー》の水でとく）

思わず笑顔《えがお》がでた。

――そうだっ。

あゆはもっとひらめいた。

トリのスープをたくさん冷蔵庫《れいぞうこ》に作っておいて、ラッキーにあげるたびに、くずをとかしこんで、とろみをつけたら、いいのでは？

――そっちのほうが、手っとり早い。

あゆはさっそくトリのスープを、ナベいっぱい大量《たいりょう》に作った。そうして二〇〇ｃｃ《シーシー》ずつ、小わけにして、冷蔵庫《れいぞうこ》にしまった。

あゆはつぎの朝、いちばんに起き、台所《だいどころ》へ行った。

「なんだ、あゆったら、早いのね」

おかあさんがすぐあとからやってきた。

「ちょっとね」

あゆは、あきれるおかあさんのわきで、きのう作っておいた、トリのスープ二〇〇cc《シーシー》の分量《ぶんりょう》に、くずを大さじ一ぱいいれ、あたためた。とろとろ透明《とうめい》になったところで、火をとめた。

――うん、やっぱりこっちのほうが、かんたん。

いい人はだぐらいにさましおえると、いつも自分が食べているヨーグルトを、スープの上にたっぷりふりかけてみた。もちろんラッキーのぶんは、さとうなしで。

「どう?」

ラッキーは、きのうよりも、おいしそうに食べてくれた。

というよりも、いっきに飲みおえるみたいにして、がつがつ食べちゃった。

おかわりはないの、とでもいうふうに、舌《した》なめずりをくりかえした。ヨーグルトのトッピングが、きいたのかもしれない。

「あんた、ラッキーのごはん係《がかり》に、いつからなったの？」

ナミが口をはさんだ。

「きのうから、だよ」

あゆはむねをはっていった。

――いっしょうけんめい作ったごはんを、ラッキーがおいしそうに食べてくれるなんて、すっごくうれしいんだ。

「ひまだねー」

ナミがいやみをいった。

「いいじゃないか、女の子なんだから。料理《りょうり》が好《す》きだなんて、なによりだ」

おとうさんがいった。

「うわっ、それ、セクハラ」

ナミがおこった。

「そうかい？」

「セクハラセクハラ」

ナミはおこりながら、学校へ行った。

「ほらほら、あんたも」

おかあさんがせかした。

「ラッキー、おなか、よくなるといいわね」

「うん！」

ナミのいったセクハラの意味《いみ》はよくわからなかったけど。

あたしは、なんかさ……。

——楽しいよ、料理《りょうり》をするって。

はじめてだ、こんな気もち。

あゆは、おかあさんに、行ってきますと大きな声でいうと、玄関《げんかん》を飛《と》びだした。

7 いいウンチ

梅雨《つゆ》があけたころ、マイカとシオンが、せかせかとやってきた。

「弓田《ゆみた》さん、あれから、ラッキーくん、病院《びょういん》につれていってないでしょ？　おにいちゃん先生が、どうしたのかなって、心配してたけど」

あゆははっとした。そんなこと、まったくわすれていた。

だって、モモエに教えてもらったレシピのおかげで、ラッキーのおなかが、だんだんとよくなってきたから。

――ほんとうに、ふしぎ。

「ラッキーのおなかが、なおってきたみたいなの。だから……」

「え、なんで？　病院《びょういん》に行かなくて、なおったわけ？」

マイカがうたぐり深《ぶか》そうな顔をした。

「木下《きのした》さんのいっていた、くずごはんのおかげ？」

こんどは、シオンが聞いた。

「うん」

「そうなんだ、えらいね、弓田《ゆみた》さんって、ちゃんと作ってあげたんだ」

あゆはどきどきした。

シオンちゃんにほめられるなんて……。

「弓田《ゆみた》さん、これからも、ずっと手作りごはんにするの？」

あゆはうなずいた。

「手作りごはんで、病気《びょうき》がなおるなら、いうことないよね」

「あたしね、ラッキーの散歩《さんぽ》のとき……」

あゆは、毎回ラッキーのウンチをチェックするのが、楽しみになってきた。

じっくりとウンチとにらめっこして、きょうもいいウンチだねって、ラッキーの頭をたくさんなでてやる。

つやつやぴかぴか光るウンチが、ぽとんとビニール袋《ぶくろ》のなかにおちるのが、いちばんうれしいんだ。

「ウンチって、ほんと、だいじなんだなって、あたし……」

「あれあれ」

ゆうたと翼《つばさ》が、わりこんできた。

「おまえら、また、ウンチの話？」

「やめてったら」

マイカが顔をしかめた。

「あれ？　でもさ、ウンチがどうのこうのって、いってたの、弓田《ゆみた》のほうじゃん」

あゆはくちびるをかみしめた。

「ウンチ、好《す》きねー弓田《ゆみた》」

あゆは、すこしだけむねがばくばくしたが、せいいっぱい口をあけた。

「ゆうたくんだって、翼《つばさ》くんだって、ウンチするでしょ？」

ゆうたと翼《つばさ》があとずさった。

「するよね！」
「……そ、それが？」
「あたしは、うちの犬が、おなかをこわしていたから、いいウンチをするようにって、どうしたらいいウンチになるのかなって、いっしょうけんめい考えた……それって、いけないですか？」

ゆうたがまた一歩引いた。

「ラッキーのために、どんなごはんがいいのかなって、手作りしてがんばって、いいウンチがでたときは、涙《なみだ》がでそうだったの」

「がんばれ、弓田《ゆみた》さん」

シオンがこぶしをふった。

「あたし、ラッキー大好《だいす》きだから……」

「おれはさ、ただざ……」

ゆうたが、口ごもった。

「だったら、からかうの、やめてよね」

あゆはいいきった。

「行くぜ。ゆうた」

翼《つばさ》がゆうたの耳を引っぱった。

「だ、だってさ……」

「おまえの負《ま》けだよ」

そのまま、ゆうたを席《せき》につれもどした。

「そうよ、ばーか」

マイカとシオンがいった。

そっとモモエの席《せき》を見たら、モモエが両手《りょうて》をメガホンのようにして、しゃべっている。

「弓田《ゆみた》、おなかがよくなってきたんだったらさ、もうそろそろ、ふつうのごはんにかえてもいいんじゃないの？」

「ふつうのごはん？」

たしかに、ラッキーはいつも物《もの》たりなげだ。

ウンチがよくなってからは、スープだけじゃなく、トリ肉もいっしょにあげているけれど、もっとほしいよって、舌《した》なめずりばかりする。

でも、ふつうのごはんって？

「弓田《ゆみた》だって、毎日、おかゆだったら、あきるだろ？」

「そっか」

――くずごはんって、そういうことだったんだ。

「つまり、くずごはんは、おなかをこわしたときの、とっておき、みたいなもんなんだね」

そうか、そうだったんだよ。このまま、ずっと、くずごはんをつづけるわけじゃないんだ。

「あたし、あたしね」

あゆはいった。

「栄養《えいよう》たっぷりな手作りごはんを、これから、作るからね、木下《きのした》さん」

――ラッキーのために。

あんまり声が大きかったので、マイカとシオンがびっくりしたようにあゆを見た。

8

夏休みの自由研究《じゆうけんきゅう》

朝からてりつける真夏《まなつ》の日ざしが、あゆをくらくらさせた。

あゆは、汗《あせ》をふきながら、駅《えき》のむこう側《がわ》の市民図書館《しみんとしょかん》まで行った。

夏休みにはいった最初《さいしょ》の日だ。

リニューアルされた図書館《としょかん》は、赤いレンガの外壁《がいへき》がちょっとレトロな洋館《ようかん》ぽくて、かっこいい。

ここなら、犬の手作りごはんの本が、たくさんあるだろう。

おなかがなおったラッキーのために、どんな手作りごはんがいいのか、まずは、自分で調《しら》べてみよう。

おかあさんが、魚の頭や、キャベツの切れはし、ニンジンのしっぽをときどきくれるけど、トリ肉といっしょに、ただ煮《に》こむだけじゃあ、ラッキーもあきてしまわないか？

トリダスープにくらべたら、ボリュームがあるかもしれないけど、もっと栄養《えいよう》バランスのいいレシピは、ないものか？

モモエに宣言《せんげん》した手前、こんなすごい手作りごはんができたんだよって、あゆは、堂々《どうどう》とむねをはりたい。

「あっ」

あゆはびっくりした。

入り口のところで、マイカとシオンにばったりでくわした。

「わたしとマイカちゃんね、夏休みの自由研究《じゆうけんきゅう》、いっしょにやろうって、決《き》めたのよ」

そうなんだ。仲《なか》いいんだな、ほんとうにふたりは。

「で、どんなテーマにするか、図書館《としょかん》でヒントをさがしにきたわけよ。弓田《ゆみた》さんは？」

マイカが聞いた。白いショートパンツから長い足がのびている。

「ちょっとね……」

「なによ、ちょっととって」

図書館《としょかん》のとびらをおして、三人でなかにはいり、シオンが観葉植物《かんようしょくぶつ》のおいてある窓《まど》ぎわを指《ゆび》さした。

「わたしたち、あのへんにすわっているから」

水色のワンピースがひらひらゆれた。

「わかった」

よーし。負《ま》けないぞ。

マイカちゃんやシオンちゃんに。

しかし、図書館《としょかん》のなかをくまなくさがしまわったのに、犬のごはんに関《かん》する本なんて、ちっともない。本の相談《そうだん》コーナー「レファレンス」でたずねて、見つかったのはたったの二冊《さつ》。

――これだけ？

「ごめんなさいね。県立図書館《けんりつとしょかん》なら、もっとあると思うわ」

係《かかり》のおねえさんはすまなそうにいい、いろいろパソコンで調《しら》べて、電話をかけてくれた。

「問《と》いあわせたら、四、五冊《さつ》あるにはあるんだけど、小学生が読むには、むずかしいんじゃないかしらって」

「あ、はい……」

「うちの図書館《としょかん》に送《おく》ってもらうように、手配《てはい》しましょうか？」

「お、おねがいします」

こんなにおち葉《ば》の数よりもっと、うもれそうなぐらい本があるというのに、あたしの読みたい本がどうしてないんだろう？

あゆはがっかりする思いで、席《せき》についた。

「どうしたの？　おそかったね」

シオンがいった。

「なかったの、読みたい本が」

「なにそれ、犬のごはんの本なんか、借《か》りちゃって」

マイカが、いきなりうばいとった。ぺらぺらとめくった。

「『ドッグフードのいい点、悪《わる》い点』？」

シオンが聞いた。

「あっ、もしかして、弓田《ゆみた》さん、夏休みの自由研究《じゆうけんきゅう》に、犬の手作りごはんの研《けん》究《きゅう》とか、するの？」

——夏休みの自由研究《じゆうけんきゅう》？

「わたしね、手作りごはんに、すごく興味《きょうみ》がでてきたの」

「シオンったら、モモエに感化《かんか》されたの？」

マイカが冷《ひ》やかした。

「シオンまで、ワンコのごはん研究会《けんきゅうかい》に、はいりたいわけ？」

「だって、木下《きのした》さんとこのきなばーやこてじーみたいに、元気で長生きって、すごいと思わない？」

シオンがぱっと顔をかがやかせた。

「ねえねえ、マイカちゃん、わたしたち、夏休みの自由研究《じゆうけんきゅう》のテーマ、ドッグフード……ううん、犬の手作りごはんの研究《けんきゅう》にしない？」

「えー」

マイカがしぶった。

「マイカちゃんだって、アイちゃんに長生きしてもらいたいでしょ？」

「そりゃあ、マイカだって……」

「だったらさ、弓田《ゆみた》さんもいっしょに、三人でやろうよ」

――あたしも？

三人で？

あゆは心臓《しんぞう》が飛《と》びだしそうになった。

あたしが、マイカちゃんやシオンちゃんといっしょに？　これって、考えもしなかった超《ちょう》ラッキーな展開《てんかい》？

「ねっ、いいよね」

「シオンちゃん……」

「そうだ、わすれてたわ。木下《きのした》さんもいれない？」

「モモエ？」

マイカがぴくっとまゆをあげた。

「だったら、マイカはぬける」

マイカがしらっといった。

「木下《きのした》さんって、いろいろよく知ってるでしょ?」

「マイカなら、モモエより、もっといい人、知っているから」

マイカは、急《きゅう》に立ちあがると、図書館《としょかん》からでていった。

「行っちゃったよ、マイカちゃん」

あゆは心配《しんぱい》そうにいった。

「いいよ、ほっとこう」

シオンがつぶやいた。

「マイカちゃんって、強情《ごうじょう》だから」

――でも、木下《きのした》さんより、もっといい人がいるって、どういうこと?

「おまたせ」

十分後、マイカが息《いき》せき切ってやってきた。

「あー重《おも》たかった」

紙袋《かみぶくろ》のなかから、六冊《さつ》の本をとりだした。

あゆは目をみはった。

全部《ぜんぶ》、犬のごはんに関《かん》する本ばかりじゃないか！

「ほら、おにいちゃん先生のクリニック、すぐそこなの。おにいちゃん先生って、けっこう犬のごはんについて、くわしいのよ。いつでもわからないことがあったら、相談《そうだん》にのるけど、いまは超《ちょう》いそがしいんだって。本だけ貸《か》してくれたの」

「すごいね、マイカちゃん」

「これだけあれば、じゅうぶんじゃない？　絵がはいって、小学生にも読みやすいよ。マイカも、ひまなとき、読んでみるわ」

あゆは、うれしかった。

マイカちゃんって、けっこう、いいとこあるんだな。

「夏休みの自由研究《じゆうけんきゅう》テーマは決《き》まりね。ワンコの手作りごはん。どう？」

シオンがいった。

「さんせい」

あゆは手をあげた。

「あとは、木下《きのした》さんだけね」

「うんっ」

「だから、モモエがはいるんだったら、マイカはいやだって」

マイカがまた、だだをこねた。

9 コマツナの庭《にわ》

つぎの日あゆは、ラッキーの散歩《さんぽ》を早目におわらせると、モモエの家をたずねた。夏休みの自由研究《じゆうけんきゅう》に、モモエもぜったいに参加《さんか》してほしかったからだ。モモエがいたほうが、楽しいに決《き》まっている。

――マイカちゃんだって、きっとわかってくれるよ。

「木下《きのした》さん」

あゆは何回か声をかけた。返事《へんじ》がない。

「木下《きのした》さん……」

しかたがないので門をあけ、庭《にわ》にはいった。

「うわーっ、緑《みどり》がいっぱい」

あゆはわくわくした。ここで、ラッキーやきなばーやこてじーと遊《あそ》びたいな。

そうだ、キキちゃんやアイちゃんもいっしょに。

「ほら、そこ、ふまない」

いきなりガラス戸があいた。腰《こし》に両手《りょうて》をあて、モモエがにらんでいた。

あゆはびっくりして飛《と》びのいた。あゆの足もとにはうちわの形をした小さな緑《みどり》が、もこもこっと顔をだしている。

「草?」

「じゃねえよ」

モモエがおこった。

「コマツナの赤ちゃんだよ」

――コマツナ……?

「ご、ごめん」

あゆはじっくりと庭《にわ》を見わたした。

「うわっ、トマト!」

まっ赤な大きなトマトが、つやつやと顔をのぞかせていた。このあいだ見たときは、まだ小ぶりで青かったのに。

「キュウリとニンジン、ゴーヤにナスも、あるよ」

モモエがちょっととくいげにいった。

「すごい！　みんな、木下《きのした》さんが育《そだ》てているの？」

モモエはサンダルをはいて庭《にわ》におりると、四、五センチぐらいにのびたかわいらしいコマツナをつみはじめた。

あゆが知っているコマツナとは、ぜんぜんちがう。たよりなくて、ちっちゃいけど、なんだかいきいきしている。

「コマツナの赤ちゃんは、ベビーリーフっていうんだよ」

「ベビーリーフ？」

知らない、なに、それ？

「コマツナの新芽《しんめ》だよ。おとなのコマツナより、栄養《えいよう》があるんだ。やわらかくておいしい。間引《まび》きしたやつは、きなばーやこてじーのごはんにトッピングしてやる。残《のこ》りすくなくなっちゃったけど、こうやってつみとって、洗《あら》っておけば、おかあさんが仕事《しごと》から帰ってきて、すぐにサラダのトッピングとかできる

じゃんか」

——犬のごはんだけじゃなくて、人間のごはんも作るんだ、木下《きのした》さんって。

「きなばーやこてじーは、ニンジンもキュウリも、トマトも、よく食べるよ。でもいまは、コマツナみたいな野菜《やさい》の赤ちゃんっていうか、消化《しょうか》されやすいものだけ、選《えら》んであげてんの。ちょっと、弓田《ゆみた》に、いいもん見せてやる」

モモエが家のなかから、プラスチックの透明《とうめい》な容器《ようき》をもってきた。

「ここにあんのは、ブロッコリーの赤ちゃん」

「ブロッコリーのベビーリーフ？」

でも、こっちのは、カイワレ大根みたいだ。

たぷたぷゆれる水に、白い長い根《ね》をはって、わらわらとおしくらまんじゅうしているみたいに、緑《みどり》の小さなハート型《がた》

の葉《は》っぱがのびている。

「ブロッコリーの赤ちゃんは、水栽培《みずさいばい》で育《そだ》つんだ。かわいいだろ。葉《は》っぱもくきも全部《ぜんぶ》食べられる。ブロッコリースプラウトっていうんだよ」

「スプラウト？」

「ブロッコリースプラウトはね、ガンになるのを防《ふせ》いだり、免疫力《めんえきりょく》を高めるんだって、おかあさんがいっていた。きなばーやこてじーのごはんにもよく使《つか》う。もちろん、うちらも」

あゆは、ことばがでてこない。

「お金がかかんなくて、きなばーやこてじーにおいしいごはんをって考えると、手作りが、いちばんいいんだよ。おかあさんが家庭菜園《かていさいえん》を作って、家族《かぞく》三人が食べられるぶんの野菜《やさい》はけっこうとれるし、給食係《きゅうしょくがかり》のおかあさんの顔で、商《しょう》店街《てんがい》の肉屋《や》のおっちゃんや魚屋《や》のおばちゃんから、わけてもらったりね」

あゆはあっけにとられた。

木下《きのした》さんって、やっぱり、すごい。

あゆはモモエに切りだした。

「木下《きのした》さん、あのね、あたしとマイカちゃんとシオンちゃんの三人でね、夏休みの自由研究《じゆうけんきゅう》に、ワンコの手作りごはんを、テーマにしようって決《き》めたんだ」

モモエがぽかんとした。

あゆは声をはずませながらいった。

「ねえ、木下《きのした》さんもいっしょにやらない？」

――やろう！　やろうよっ。

――だのに、木下《きのした》さんたらさ。

「もう、頭にきたっ」

あゆは自分の部屋《へや》にもどると、おにいちゃん先生から借《か》りた本を、乱暴《らんぼう》にめくった。

木下《きのした》さんときたら、ぶすっと顔をふくらませたんだ。そのあと、むきになって、いそがしいいそがしいの連発《れんぱつ》。

——もう、木下《きのした》さんたら、そればっかり。

あゆは、自分をきっとにらみつけた、モモエのこわい顔を思いだす。

——うちは、おたくらとはちがうんだ。おかあさんは、仕事《しごと》で家にいない。弟はまだ、小さい。きなばーやこてじーの世話《せわ》だって、家庭菜園《かていさいえん》の虫とり水やり、洗《せん》たくだって、風呂《ふろ》そうじだって、いっぱいある。自由研究《じゆうけんきゅう》につきあってるひまがあったら、きなばーやこてじーのシャンプーしたいよ。

手作りごはんがいいって教えてくれたのは、木下《きのした》さんじゃないか。あたしたち、すごくやる気になったのに。

——それを、ひどくない？

あゆはむねがはげしくたかぶった。

よーし。

こうなったら、なにがなんでも、あたしたち三人で、夏休みの自由研究《じゆうけんきゅう》をやってやる。

最高《さいこう》においしい手作りごはんを作ってみせる。

自分の部屋《へや》といっても、ナミといっしょのせまい部屋《へや》だ。エアコンもない。だが、さいわい、ナミはクラブ活動《かつどう》でいない。扇風機《せんぷうき》も自分のほうにだけ、むけられる。

おにいちゃん先生から借《か》りた本は、マイカとシオンと三人でじゃんけんして、それぞれ気にいったのをもちかえった。

「レファレンス」のおねえさんには、ちゃんとことわっておいた。だって、おにいちゃん先生から借《か》りた本は、字も大きく、読みやすかったのだ。

これさえあればだいじょうぶだ。あゆはぎゅっと口をむすんだ。

——木下《きのした》さんがいなくても。

10 失敗《しっぱい》の夏

二日後、図書館《としょかん》で、あゆはマイカとシオンに会うと、いった。

「なんか、手作りごはんについて、わかったことあった？」

「わたしね、キキちゃんのドッグフードが心配《しんぱい》だったから、ちゃんと調《しら》べてノートをとってみたの」

シオンがいった。

「うわーよく書けてるね」

あゆは目をぱちぱちさせ、えんぴつをにぎりしめながら、シオンのノートを読んだ。

「ドッグフードは、熱《ねつ》をとおしてあるから、栄養《えいよう》がなくなってしまう。それを、おぎなうために、合成《ごうせい》ビタミンや、うまみ成分《せいぶん》が、つけたされている。うんうん、そうそう」

「でも、安全《あんぜん》じゃないんだよね」

マイカがいった。

「原材料《げんざいりょう》をちゃんと、チェックすることだよね」

あゆはノートを読みすすめた。

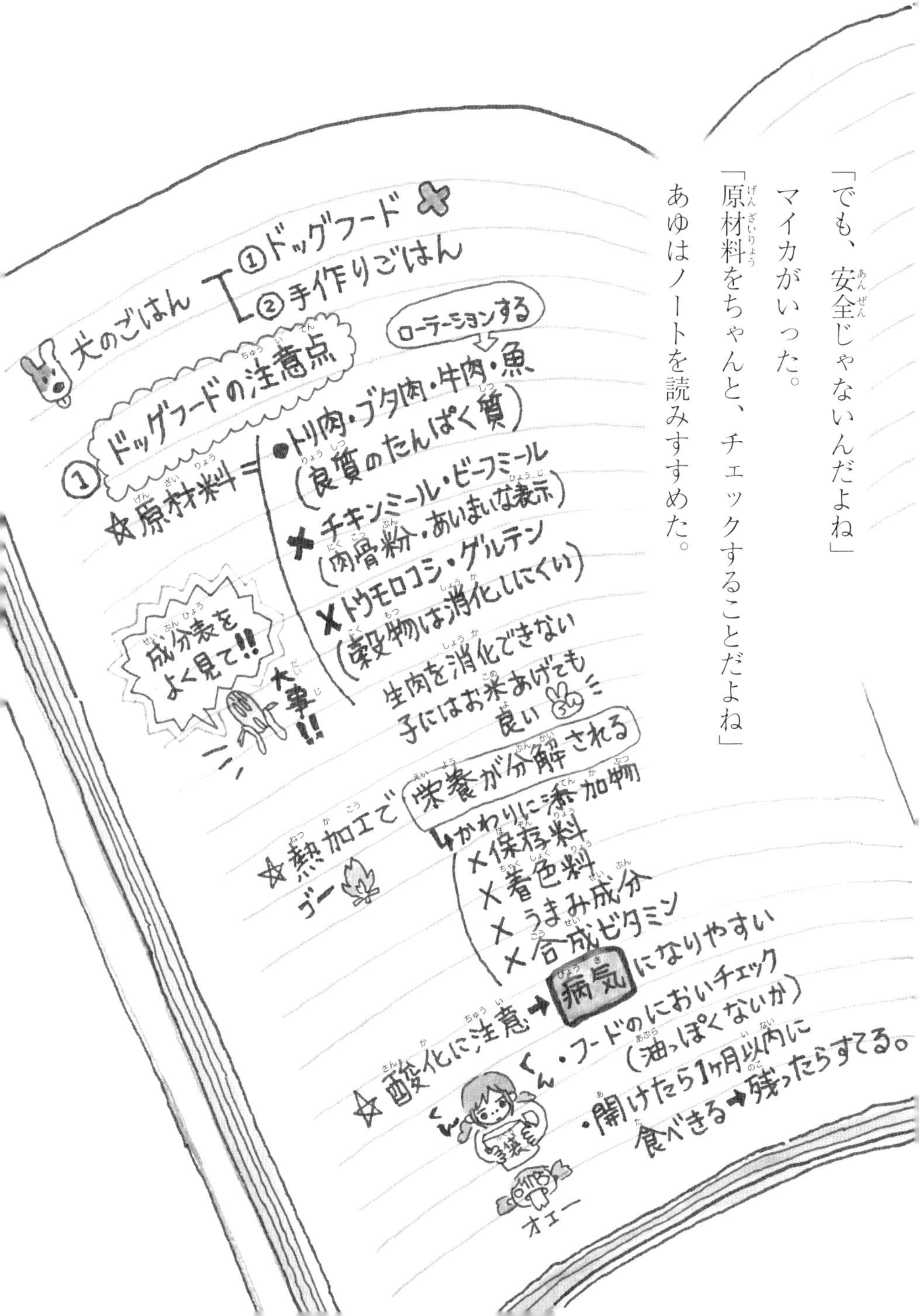

「新鮮《しんせん》な肉や、農薬《のうやく》のかかっていない野菜《やさい》を使《つか》ったフードは、お金がかかる」

本当にそうだ。いいドッグフードは、ねだんが高い。くらくらするくらいに。だから、手作りごはんに挑戦《ちょうせん》するんだよね。

「じゃあ、つぎは、手作りごはんの注意点《ちゅういてん》よ」

「まずは、犬にぜったいに、あげてはいけないものと、あげていいものを、知ることね」

シオンがいった。

あゆはしっかりうなずいた。

手作りごはんのいい点は、ドッグフードに、はいっているような、からだによくないものを、あげずにすんだり、トラブルも改善《かいぜん》できるんだ。

――アレルギーの犬には、そのもととなる食材《しょくざい》をぬけばいいんだから。

人間と同じ食材《しょくざい》を、いろいろ利用《りよう》できるので、経済的《けいざいてき》でもある。

「新鮮《しんせん》な生の肉と生の骨《ほね》と内臓《ないぞう》を、手作りごはんにくわえるのは、すごくいいみたい」

マイカがいった。

そりゃあ、マイカちゃんは、生の馬肉をアイちゃんにあげているから……。

——生の肉と生の骨《ほね》と内臓《ないぞう》か……。

本にも書いてあったけど、そういうドッグフードはインターネットで買えるらしい。生食《せいしょく》っていうそうだ。ハンバーグみたいになっていて、犬に必要《ひつよう》な栄養素《えいようそ》もばっちりで、解凍《かいとう》すればいいだけだから、お手軽《てがる》といえばお手軽《てがる》なのか。

とはいっても、ねだんは、けっこうする。

内臓《ないぞう》なんて、スーパーでは買えないよね。どこか専門《せんもん》の肉屋《や》さんでしか、あつかっていないよね。

でも、犬の祖先《そせん》は、オオカミだ。オオカミはえものをたおして、内臓《ないぞう》からむしゃむしゃ食べたんだ。そういう遺伝子《いでんし》って、ラッキーにもうけつがれているのかな？

あゆは、ブタもトリも牛肉もぱくぱく食べるラッキーを思いうかべながら、マイカとシオンにきいた。

「ねえねえ、魚の油《あぶら》や『アマニオイル』を、サプリメントとしてあたえたほうがいいって書いてあるでしょ？　どういう意味かな？」

「そのわけはね」

シオンが答えた。

「血液《けつえき》をさらさらにしたり、毛並《けなみ》やひふを健康《けんこう》にしたり、アレルギー反応《はんのう》をおさえてくれる成分《せいぶん》がはいっているからよ。人や犬にとって、とってもだいじなオイルなのよ」

へー、そうなんだ。人間にも必要《ひつよう》だなんて。

年とったせいで、つかれるつかれるが口ぐせのおとうさんに、いいのかな？

「ねえ、うちのキッチンで、こんど手作りしてみない？」

マイカがにこっと笑《わら》っていった。

「マイカんち、いろいろ食材《しょくざい》あるからさ」

「ほんと？」

あゆは思わずマイカに飛《と》びついた。

マイカの家の広いキッチンで、三人は、本にのっていた〈かんたんワンコの夕ごはん〉に挑戦《ちょうせん》したつもりだったが……。

材料《ざいりょう》は、トリのむね肉、トマト、ナス、ズッキーニ、チーズというシンプルなもの。

ズッキーニもナスもラッキーにあげたことがなかったので、きっとよろこぶだろう。うまくいったら、さっそく家でも作ってみよう。

だが、マイカが指《ゆび》を包丁《ほうちょう》で切り、あゆにかわりにやってといい、トマトの皮《かわ》むきを交替《こうたい》したが、これがよくむけない。

あゆは自信《じしん》がなくなった。

「もういいからさ、弓田《ゆみた》さん、トリ肉といっしょに、早く煮《に》ようよ」

マイカがいらいらしながらいった。

「う、うん……」

シオンといっしょに、ごろごろおもちゃのように切った野菜《やさい》と肉を、大きなナベにいれ、適当《てきとう》に水をいれた。

「ちょっとまって、弓田《ゆみた》さん、水、多すぎない？」

シオンがいった。
「えーへらすの？」
あゆはおそるおそるガスの火をつけた。
五、六分たって中身《なかみ》をチェックしたが、まだ煮《に》えていない。
不安《ふあん》にかられ、おにいちゃん先生から借《か》りた本をチェックする。

「弱火で十五分？」

ふたをしてまつ。三人で時計《とけい》とにらめっこだ。

——長いなあー眠《ねむ》くなるなあ。

「ちょっとちょっと、あなたたち」

マイカのママがあわてて、キッチンへ

やってきた。

「こげくさいじゃないっ」

あゆはその場にへなへなとすわりこんだ。すごいにおいがする。中身《なかみ》が全部《ぜんぶ》とろけたように、ナベの底《そこ》にくっついてしまった。色あざやかな野菜《やさい》が、きたない色に変身《へんしん》している。

フライ返《がえ》しで引っくりかえしたら、裏側《うらがわ》はまっ黒こげだ。

「あらあら、もう」

マイカのママがなげいた。

11 おにいちゃん先生

いやなことは、かさなった。

マイカとシオンが、手作りごはんの自《じ》由《ゆう》研《けん》究《きゅう》をやめたいといってきたのだ。

あゆは、がーんと頭をなぐられたような気がした。

やっぱりこのあいだの失《しっ》敗《ぱい》が、あったからか。

——それもあるけど……。

シオンがひたいに手をあてた。

——本を交《こう》換《かん》しあって、読んでいくうちに、いっぱい、いろんなことが書かれてあって、頭が、こんがらがってきちゃったのよね。

マイカがため息まじりにいった。

——こっちの本では、おすすめのものって書いてあったのが、あっちの本では、あげちゃいけないもの、になっているの。どういうこと？　それに……もしもさ、災害《さいがい》とかあったら、手作りごはんなんて、できやしないよね？　だったら、そんなときのためにドッグフードじゅんびしておいたほうがいいよね？

シオンもいったっけ。

――うちのキキちゃんの食べてるドッグフード、よーく調《しら》べたら、A《エー》ランクだったの。安心《あんしん》した。〈ウルフワン〉っていう、かんづめよ。知ってる？

あゆは首をふった。

――ドイツ産《さん》の、肉たっぷりで、天然《てんねん》のビタミンもカルシウムも、ちゃんとはいっているわ。キキちゃんは、まだ子犬だし、バランスのとれた〈ウルフワン〉をあげたほうがいいかなって。おやつしか食べなかったのよね、キキちゃん。〈ウルフワン〉にかえて、やっと、食べてくれるようになったの。もし手作りにして、また好《す》ききらいとかでてきたら、いやだなって。

たしかに、子犬やおとな、としより犬では、手作りごはんの内容《ないよう》もちがうんだ。

――あとは、サプリがいるとか、生骨《なまほね》をあげるとか、なんかむずかしそう。

――マイカんとこも、馬肉でいいかなー。

マイカが、こんどは、しんみりといった。

――アイちゃんは、おにいちゃん先生にみてもらって、馬肉にかえたら、アレルギーがすっかりよくなったの。いまさら、手作りにしなくてもいいやって思ったわ。やっぱ、手作りって、超《ちょう》めんどうくさくない？　ママにもしかられちゃったしね。

三人で、最高《さいこう》のワンコごはんを作ろうって、ちかった気もちは、いったいどこに行ってしまったんだ！

――夏休みはまだまだあるし、自由研究《じゆうけんきゅう》は、ほかのテーマをさがすことにしたわ。

マイカとシオンがそう声をあわせた。

あゆは、若木《わかぎ》公園のベンチにすわって、頭をかかえた。

「もう、サイテー」

ワンコのごはん研究会《けんきゅうかい》どころか、夏休みの自由研究《じゆうけんきゅう》までだめになってしまった。料理《りょうり》は失敗《しっぱい》するし、モモエにはことわられた。

あたしって、ほんとうにだめだな。ラッキー、ごめんね。おいしいごはん、できそうもないや。

下をむいたら、涙《なみだ》があふれそうだ。

――あたし、どうしたらいい？

「あのさ、きみ……」

だれかが話しかけた。

――だれよ、だれ？

「あのさ、この犬、きみの？」

「えっ？」

あゆはおどろいた。

目の前に、男の人がつったっている。灰色《はいいろ》のT《ティー》シャツに、白い短《たん》パン。大きなリュックサックを背負《せお》っている。サラサラの髪《かみ》、日に焼《や》けた顔、意外《いがい》に背《せ》が高い。

「ラッキー……」

たしかに男の人がつれているのは、ラッキーにまちがいない。

――ラッキー、どうして？

さっきまで、あたしの横《よこ》でおすわりしていたのに……。

「なんかのひょうしに、きみの手から、リードがはなれちゃったんじゃないかな。ラッキーくんたら、楽しそうに公園じゅうを走りまわっていたよ」

「う、うそ」

「公園で、放《はな》しがいはまずいだろ。おれが呼《よ》んだら、こっちへとことこやってきた。迷子《まいご》にならないようにと、いろんな人に声かけたけど、ちがうっていわれてね。やっと、飼《か》い主《ぬし》さんが見つかった」

「す、すみません」

あゆは頭をかいた。あたしったら、ほんとうにドジなやつ……。

「なんか、なやみごとでもあるの？」

見つめられて、いっしゅんどきっとした。

「あっ……いえ……」

男の人は、なれた手つきでラッキーのむねをなでている。ラッキーが耳をねかせて、しっぽをふる。

「犬、好《す》きなんですか？」

あゆは聞いた。

「おれ、こう見えても、獣医《じゅうい》なんだ。桜一生《さくらいっせい》、よろしく。いまもね、往診《おうしん》の帰りなんだ」

「えっ」

――サクラ？

白衣《はくい》なんか着てないけど、もしかして、リュックサックの中身は、医療器具《いりょうきぐ》とか？

あゆはじっと男の人を見た。

「桜《さくら》先生って、あの……サクラクリニックの？」

「よく知ってるね」

「おにいちゃん先生！　あたし、マイカちゃんと同じクラスの弓田《ゆみた》です」

「弓田《ゆみた》さん？　そっか、マイカから聞いてるよ。この子が、マイカがいってた子だね？」

おにいちゃん先生は、ラッキーの目や耳、口のなかを見たり、のど、おなか、背中《せなか》をさわった。

「ここは痛《いた》くないかな？」

なんて、ラッキーに話しかけている。ラッキーがクゥーンと返事《へんじ》をすると、

「よし、だいじょうぶ」

やさしく答えた。

あゆはほんの少し、いらだった心がおちついた。

「ところで、手作りごはんの本は、読みおえたの？」

おにいちゃん先生が聞いた。

「なんか、あたしひとり、がんばっているみたいで。マイカちゃんやシオンちゃんが、ぬけちゃって、ちょっと、さびしくなっちゃった」

あゆはため息《いき》をついた。

――ちょっとどころか、かなりのショック。

それだけじゃない。モモエのことも心に重《おも》くのしかかる。

モモエがいいはなったことば。うちはそんなひまなんてねえよ……。

「でもさ、きみは、ラッキーくんのために、くずごはんを作ってあげたんだよね？」

――どうして知ってるの？　マイカちゃんから聞いたのかな？

「友だちから、教わったんです。木下《きのした》さんっていうの」

ふっとモモエの庭《にわ》が、映画《えいが》みたいにうかんできた。

「先生、木下《きのした》さんのお庭《にわ》には、野菜《やさい》がいっぱいあるんです」

とげとげの太ったキュウリ。トマトは、はちきれそうに、赤く実《みの》っていたっけ。ゴーヤはみごとに重《おも》たそう、ニンジンのレース模様《もよう》みたいな葉《は》っぱが、南の国の木のように堂々《どうどう》としげっていた。

コマツナの赤ちゃんは、土の上でいきいきと呼吸《こきゅう》し、ブロッコリーの赤ちゃんは、やわらかいハート型《がた》のかわいらしい緑《みどり》の葉《は》をひらいていた。

――スプラウトっていうんだ。栄養《えいよう》たっぷりの新芽《しんめ》。

スプラウトは一年中、水栽培《みずさいばい》でできるんだ。種《たね》をまけばいいだけだって、木《き》下《した》さん、いっていたな。

「じゃあ、その木下《きのした》さんちの野菜《やさい》を使《つか》って、手作りごはんが作れるね？」

おにいちゃん先生が、さわやかな声でいった。たしかに、モモエの犬たちは、庭《にわ》の野菜《やさい》が大好《だいす》きみたいだ。

「はい。けど、野菜《やさい》よりも大切なのは、お肉だってわかったから」

――うちは、生の馬肉なんて、あげられないし……。

「スーパーで、買ってくる肉は、精肉《せいにく》といってね、栄養分《えいようぶん》がなくなっているから、ほんの少しのお塩《しお》をまぜるといいよ」

あゆはびっくりした。

――お塩《しお》？

「でも、先生、ラッキーは、毎日毎日トリ肉ばっかりで、あきちゃうかなって思います」

「トリでも、いろいろな部位《ぶい》があるからね。やわらかいトリの手羽《てば》なら、生骨《なまほね》ごと、ばりばり食べられるよ」

――そっか。ラッキーにあげるトリ肉は、いつも火をとおしすぎて、かたかった……。

あゆははっとひらめいた。

「肉の表面《ひょうめん》を軽《かる》くあぶったり、お湯《ゆ》にくぐらせたりするだけでも、いいですよね？　ちょっと生肉っぽい感《かん》じ？」

「うん、しゃぶしゃぶみたいにね」

　おにいちゃん先生がいった。

「弓田《ゆみた》さん、どうして骨《ほね》をあげるかっていうと、カルシウムは、犬にとって、とてもだいじだからなんだ。しっかりあげてね。生骨《なまほね》が手にはいらなかったら、たまごのカラや、いりこでも、代用《だいよう》できるよ」

「ほんとに？」

「『かまあげしらす』ってあるよね？　あれは、塩分《えんぶん》がうすいから、少しだけならいいよ。水分もばっちりふくまれている。カルシウムだけじゃない、『オメガ3《スリー》』の補給《ほきゅう》にもなる」

「オメガ3《スリー》？」

「アマニオイルとか魚の油《あぶら》にふくまれている栄養素《えいようそ》だよ。とっても大切なんだ」

そういえば、シオンちゃんのノートにも書いてあったっけ。

あゆの心にあかりがともった。

そうか、本に書いてある食材《しょくざい》がなくても、かわりになるものがあればいいんだ。

うちは、トリ肉以外《いがい》、めったに食卓《しょくたく》にあがってこないから、肉のバリエーションも少ないよね。

——だったら、肉のかわりになるものって？

「先生、魚も、肉のかわりになりますか？」

あゆは声をあげた。

「もちろん」

おにいちゃん先生が笑《わら》った。

おとうさんは、とくに魚が好《す》き。うちの冷蔵庫《れいぞうこ》には、魚がけっこうストックされている。

「サケは一年じゅうでまわっているし、いまの季節《きせつ》だと、アジやイワシが、い

いんじゃないのかな」

おにいちゃん先生がつづけた。

「このあいだみんなで手作りしようって……でも、おナベこがしちゃいました」

「おれだって、しょっちゅうさ」

——先生も?

「あたし、ラッキーのために、最高《さいこう》においしいごはんを作ろうって、がんばったのに」

「弓田《ゆみた》さん、最高《さいこう》においしい手作りごはんなんて、思わないでね」

「……はい……」

「最高《さいこう》でなくてもいいんだ。毎日のことだから、神経質《しんけいしつ》にならずに、むりしないで、おかあさんが子どもに、おいしいごはんのおかずを考えるみたいに、リラックスして」

——リラックスか。

「本に書いてあることが、かんぺきじゃないよ。だいじなのは、ラッキーくんの体調《たいちょう》にあわせて、ラッキーくんをよーく観察《かんさつ》して、こんだてを決《き》めることだよ」

「はいっ」

「せっかく作ったごはんを、ドッグフードになれた子は、なかなか食べようとしないかもしれない。そんなときは、むりやり食べさせないでね。飼《か》い主《ぬし》の気もちを、犬におしつけるのが、いちばんよくないから。まずは、いちばんに、犬の気もちを、考えてやってほしいな」

――おしつける？

あゆはいっしゅんどきっとした。

――いちばんに犬の気もちを考える……。

モモエの思いつめた顔が、うかんできた。

もしかして、あたしは、木下《きのした》さんに、自分の気もちを、おしつけていたんじゃないだろうか？

手作りごはんをやりたいから、仲間《なかま》にはいってと強引《ごういん》に木下《きのした》さんをさそったのは、自分のためだったのかもしれない。

木下《きのした》さんの気もちを考えようともしないで。

——木下《きのした》さん、ほんとうは……。

いっしょうけんめい家事《かじ》をしたり、きなばーやこてじーのごはんを作ったり、がんばっているけれど。

平気《へいき》な顔して強がっているくせに、ほんとうは……。

毎日毎日たいへんなんだ。自分のことをあとまわしにして、おかあさんや弟のために、やらなきゃいけないことが、いっぱいあるんだ。

——木下《きのした》さん、ごめんね。

あたし、自分のことしか考えてなかった。

木下《きのした》さんの気もち、ぜんぜん、考えていなかった。

でも、いまは……。

木下《きのした》さんがいなければ、なにもはじまらない。あゆは自分の気もちをすなおに伝《つた》えようと思った。

12

シャンプーの午後

夏休みも中盤《ちゅうばん》にかかり、朝からむし暑《あつ》い空気がこもっていた。

ギーッとさびついたモモエの家の門をおし、ラッキーをさきにして、なかにはいると、きなばーとこてじーが、もたもた走ってきて、きゃんきゃん鳴いた。

「新聞ならおことわりっ」

玄関《げんかん》の戸がいきおいよくあいた。

「木下《きのした》さんっ」

モモエがめがねをおしあげた。

「なんだ、新聞のかんゆうじゃなかったのかよ？」

「あたりまえだよ」

あゆはにこっとしていった。

「きょうは、木下《きのした》さんを、お手伝《てつだ》いにきましたっ」

モモエがぶぜんとした。

「お手伝《てつだ》いなんて、なにいってんだよ」

あゆはふっとうつむいた。のどがしまって声がでない。

「弓田《ゆみた》……」

「マイカちゃんもシオンちゃんも、手作りごはんの自由研究《じゆうけんきゅう》、やめるって……」

あゆは、むねのわだかまりをはきだすようにしていった。

「だから、うちをまたさそいにきたの？」

「木下《きのした》さんっ」

あゆは背《せ》すじをすくっとのばした。

「そうだけど……木下《きのした》さんがいたら、百人力《ひゃくにんりき》だけど、木下《きのした》さんが、もしはいってくれたら、マイカちゃんもシオンちゃんも、きっとまた、やる気がでてくるって思うけど……」

あゆはにぎったこぶしを、むねの前でふった。

「木下《きのした》さんは、いそがしくて、そんなひま、ないんだったよね？」

モモエがいっしゅんたじろいだ。

「だったら、あたしが、木下《きのした》さんのひまを、作るよ。いそがしい木下《きのした》さんのお手《て》伝《つだ》いをします！」

「ばっかじゃね」

「ばかじゃないっ」

あゆは背中《せなか》にしょっていたリュックサックをどんと地面《じめん》においた。なかには
モモエに、ないしょのものがつまっている。

おにいちゃん先生みたいにリュックにしたら、両手《りょうて》が使《つか》えて、散歩《さんぽ》のときも超便利《ちょうべんり》だ。

「お手《て》伝《つだ》い、まず、なにから、やったらいい？」

あゆはぬれ縁《えん》に手をついて、家のなかを見わたした。

「だれも、たのんでねえよ」

ラッキーがクーンと鳴いた。

「洗《せん》たく？　それとも、部屋《へや》のそうじ？」

あゆにせまられ、モモエがしかたなくいった。

「洗《せん》たくは……うちがやる」

「じゃあ、おそうじね。あがらせて」

――そうじ機《き》はどこだろう？

あゆはきょろきょろした。

ろうかの壁《かべ》に、柄《え》の長いほうきがつるしてあった。

学校のそうじのときに使《つか》うほうきが長くなったみたいだけど、先生用の「自《じ》在《ざい》ほうき」とも形がちがっている。背《せ》の高いマイカやエリコは、先生がいないすきをねらって、いつもちゃっかり使《つか》っている。

「でもさ、部屋《へや》、きれいだよね？」

「きのう、おかあさんとうちが、かたづけたんだよっ」

うーん。

あゆは悩《なや》んだ。家事《かじ》もかんぺき？　まいったな。

ふと見ると、流《なが》しには、よごれた皿《さら》や茶わんがおかれてあった。

――これだ！

あゆはいった。

「木下《きのした》さん、台所《だいどころ》の洗《あら》いものするね」

――あたし、いままで、こんなこと、したことなかったのに……。

あゆはにが笑《わら》いした。

目玉焼《めだまや》きの黄身《きみ》がこびりついた皿《さら》を、スポンジでこすりとる。フライパンやナベまで、きれいにていねいに。

水は冷《つめ》たくて気もちいい。

――木下《きのした》さん、あたしのこと、まだ、おこっているかなー？

ケンカ別《わか》れしてしまった、あの日がもどかしくて、できればあゆはまた、モモエと楽しくおしゃべりしたかった。

そのためには、どうしたらいい？

――よくわからないけど、あたしにできることって、こんなことぐらいだよ。

おかあさんからいわれてするお手伝《てつだ》いは、いやでいやでしかたがないのに、いまは、なんだか夢中《むちゅう》になれる。

庭《にわ》で、ラッキーが、きなばーとこてじーと、仲《なか》よくしっぽをふりあっている。

日ざしは強いが、ここは緑《みどり》にかこまれ、むし暑《あつ》さは感《かん》じない。

洗《せん》たくものをパンパンとさおにほす、モモエのひたいに汗《あせ》が光る。


お昼をまわったころに、遊《あそ》びに行っていたシンが帰ってくると、モモエは残《のこ》りごはんでおにぎりを作った。みそをたっぷりまぶした焼《や》きおにぎりだ。

「おいしい」

あゆは二つもたいらげた。

「木下《きのした》さんって、やっぱり、料理《りょうり》がじょうずだね」

「こんなの、料理《りょうり》に、はいらねえよ」

「うで、つかれちゃった」

「なれないことするからさ」

あゆはまじまじとモモエの顔を見た。

「ねえ、木下《きのした》さんは、なにがしたいの？」

「なんだよ、いきなり」

「あたしは、家事《かじ》をしたり、シンくんのめんどうを見たり、きなばーやこてじーの手作りごはんを考えたりするのが、木下《きのした》さんのいっちばん好《す》きなことだと思っていた」

モモエがことばにつまった。

「あたし、かってにそう信《しん》じこんで、木下《きのした》さんって、超《ちょう》えらいなって思っていた……」

「えらくなんか……ねえよ」

モモエがふーと息《いき》をはいた。

「しかたないだろ。うちがやらなきゃ、だれがやるんだよ。だれもやってくんない」

「木下《きのした》さん……」

モモエがめがねの顔をあげた。

「だからさ、夏休みぐらい、ぱーっと遊《あそ》びたいって、思うんだ」

「やっぱり……」

「海辺《うみべ》かなんかで、ごろんとねころんじゃって」

モモエがふっくらしたほほをひきしめた。

「うち、夢《ゆめ》があるんだよね」

「夢《ゆめ》？」

「いろんな国をまわってさ、いろんな国の料理《りょうり》を覚《おぼ》えてさ、いつか、自分のレストランをもちたいんだ」

「すごーい」

あゆは感動《かんどう》した。

「できるよ、木下《きのした》さんなら」

「まあそのための、修業《しゅぎょう》と思えば、いいのかな？」

――修業《しゅぎょう》？

「弓田《ゆみた》、もういいよ。お手伝《てつだ》いごくろうさんでした」

「まだ、残《のこ》っているよ」

あゆはリュックサックのなかから、シャンプーとタオルとブラシをとりだした。

「ついでだから、きなばーとこてじーのシャンプーしてあげる」

「ええっ」

モモエが目をまんまるくした。

「きなばーとこてじー、最近《さいきん》シャンプーした？」

「弓田《ゆみた》、おまえ……」

「ラッキーもいっしょにね」

「ここでかよ？」

「いけない？」

あゆは縁側《えんがわ》の横《よこ》にある水道の蛇口《じゃぐち》をひねると、シャンプーをあわだて、きなばーとこてじーの背中《せなか》に、ふわふわとこすりつけた。

きなばーとこてじーがしんみょうな顔をして、おとなしく白いあわにつつまれる。

「おつぎは、ラッキーだよ」

ラッキーがすばやくにげた。シャンプーがだいっきらいなのだ。

「木下《きのした》さん、ラッキーをつかまえて」

モモエがチェッといった。

「ほら、そこ」

「人使《ひとづか》いあらいなあー」

モモエはラッキーの腰《こし》をおさえた。するりとラッキーがその手をぬけた。モモエがつんのめった。

「ねえちゃんっ」

「行け、シン」

シンがすばやくラッキーの首にタックルした。

「えらい、シンくん」

あゆは、ラッキーの背中《せなか》やおなかに、もこもこのあわをぬりたてる。ソフトクリームのようにしっとりとしたあわ。

ラッキーがぶるぶるっとからだをふった。

モモエの顔にあわが飛《と》びちった。

「もうっ」

すると、こんどは、きなばーとこてじーがそろってからだをふった。

あゆがあわだらけになった。

「もう」

モモエが笑《わら》った。

「よーし」

あゆは自分にくっついたあわを、まとめてモモエになげつけた。

「あ」

モモエからおかえしのあわが、雪つぶてのようにびゅんと飛《と》んできた。

「あっ」

さっとかわしたつもりが、すべってころがり、あゆはからだじゅうあわにまみれた。

モモエがそっくりかえって笑《わら》った。

13 講習会《こうしゅうかい》のメニュー

毎日モモエの家にかよいつづけて、一週間がたった。食事《しょくじ》のあとかたづけだけじゃない、そうじも家庭菜園《かていさいえん》の水やりもやった。

モモエには包丁《ほうちょう》の使《つか》いかたや野菜《やさい》の切りかたを教えてもらい、いっしょに料理《りょうり》したり、おにいちゃん先生から借《か》りた本を読みあったり、ふたりして楽しい時間を過《す》ごしたのだ。

そのあとで、モモエがとつぜんいった。

——弓田《ゆみた》、ありがとう。でも、もう、うちのこと心配《しんぱい》してくれなくていいよ。

あゆは、内心ひやひやした。木下《きのした》さんちのお手伝《てつだ》い、やっぱり、あたし、でしゃばりすぎたことをしてしまったのかな？

——うち、手作りごはんの自由研究《じゆうけんきゅう》、やってもいいよ。

ほんと？

あゆはいっしゅん信《しん》じられなかった。

――ほんとなの？　木下《きのした》さん。

思わずほっぺたをつねった。

――で、うちに考えがある。

あゆはどきどきした。

――八月二十五日は、おかあさんが休みとって、シンをつれて、おばあちゃんちへ行くんだ。

その日は夜にならないと帰ってこないから、うちの台所《だいどころ》が使《つか》える。うちで、手作りごはんのおひろめっていうかさ、講習会《こうしゅうかい》をしようと思うんだ。マイカとシオンをよんでさ。

――うんうん、すごい。

あゆはモモエと指切《ゆびき》りげんまんした。わくわく興奮《こうふん》する心をおさえきれなかった。

その夜、あゆは眠《ねむ》れない頭で、講習会用《こうしゅうかいよう》手作りごはんの中身《なかみ》を考えた。

モモエが、「ラタトゥイユ」というフランスの家《か》庭料理《ていりょうり》を作りたいといったからだ。

モモエに聞いたら、

――夏野菜《なつやさい》の煮《に》こみ料理《りょうり》だよ。タマネギぬいたり、いろいろワンコ風にアレンジしなくちゃいけないけどね。

そう答えてくれたっけ。

さっき冷蔵庫《れいぞうこ》を見たら、まるまる太ったアジと、おかあさんが作った、煮《に》カボチャの残《のこ》りがあったっけ。アレンジが必要《ひつよう》というのなら、カボチャはどうだろう？　アジをメインにして。

アジは毎日のように新鮮《しんせん》なのが冷蔵庫《れいぞうこ》にあるし、おかあさんの煮《に》カボチャは
あまいので、調味料《ちょうみりょう》なしにする。カボチャは切って、ゆでるだけだから、講習《こうしゅう》
会《かい》の前の日に準備《じゅんび》しておこう。
ラタトゥイユのちゃんとした材料《ざいりょう》がなくても、おにいちゃん先生がいったみ
たいに、かわりのものがあればいい。
あゆは自分なりにイメージした。
――さっと煮《に》た魚に、ゆでたカボチャ、キュウリをすりおろしたもの、たまご、
チーズ、アマニオイルをトッピング。いつものあまくないヨーグルトをとろっ
とかける。魚の煮汁《にじる》ごとね。ブロッコリースプラウトも、トッピングしよう。
トマトはぜったいにかかせない。
木下《きのした》さんは、大根《だいこん》、レンコン、白菜《はくさい》のアレンジもいいなっていっていたけど、
――でも、いまは、夏休みのまっさいちゅうだよ。
あたしがそういうと、
――そっか。大根《だいこん》、レンコン、白菜《はくさい》は、お正月のときによく食べる、冬の野菜《やさい》

だっけな。冬野菜《ふゆやさい》はやめておこう。

頭をかきかきいったっけ。

——あっ、犬には、野菜《やさい》のあげすぎも、よくないんだよ。

あゆは天井《てんじょう》を見ながら、こぶしをぐっとにぎりしめた。

肉と、野菜《やさい》やたまごや乳製品《にゅうせいひん》の割合《わりあい》は、6対《たい》4ぐらいがいいんだ。

——アイちゃんも、キキちゃんも、食べてくれるかな？

指切《ゆびき》りげんまんしたあと、あゆは、モモエとふたりして、マイカとシオンに手紙を書いたんだ。

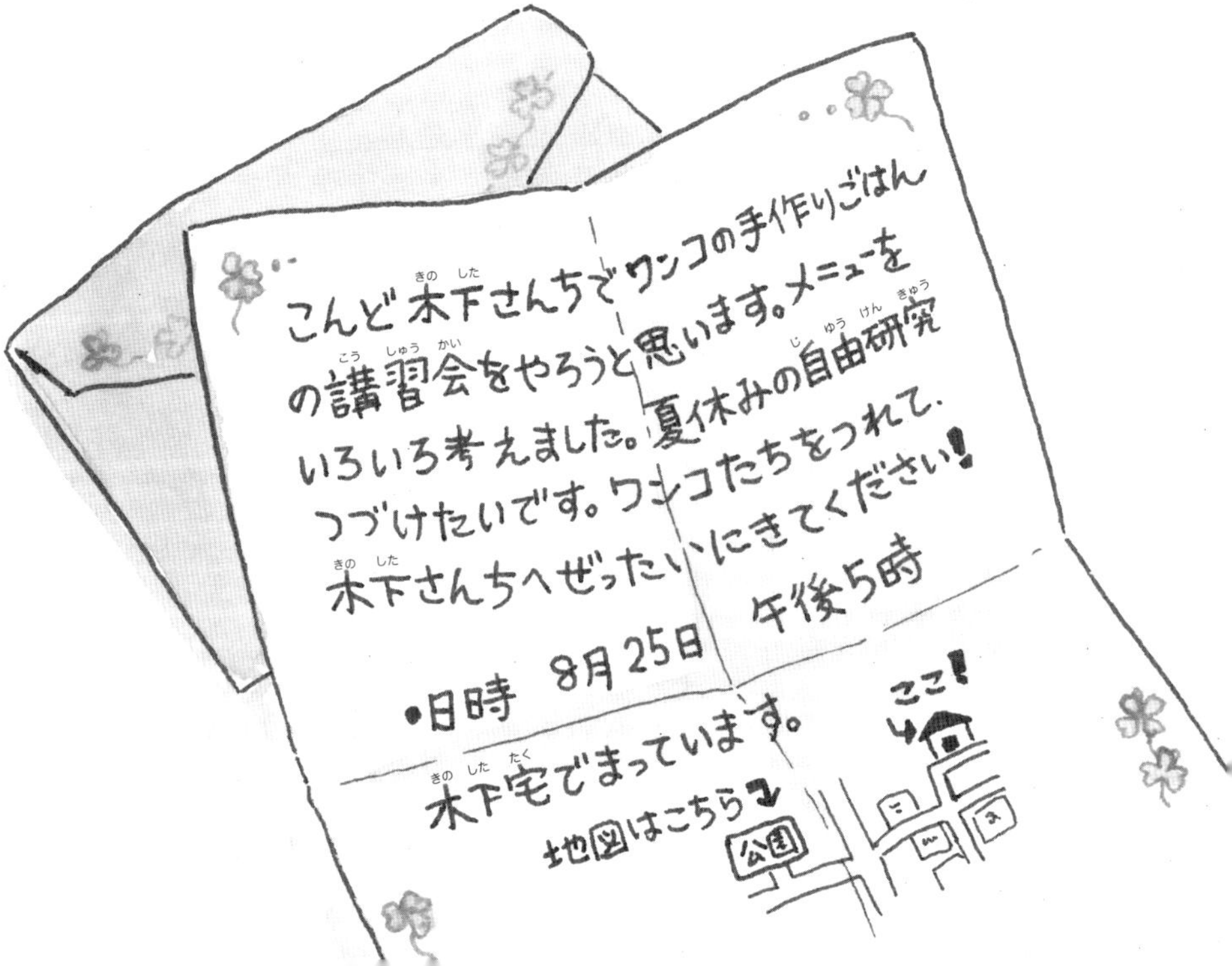

こんど木下《きのした》さんちでワンコの手作りごはん
の講習会《こうしゅうかい》をやろうと思います。メニューを
いろいろ考えました。夏休みの自由研究《じゆうけんきゅう》
つづけたいです。ワンコたちをつれて
木下《きのした》さんちへぜったいにきてください！
・日時 8月25日 午後5時
木下宅《きのしたたく》でまっています。
地図はこちら
ここ！
公園

14 ふたりシェフ

あゆはモモエの家の庭《にわ》で、みごとに実《みの》ったトマトをもぎとった。はじけるような弾力《だんりょく》が、てのひらをおしかえした。

「これ、おいしそう」

「塩《しお》なしでもいけるよ、うちのトマトは。土がいいから」

モモエがじまんした。

ラッキーがウオンとほえた。ラッキーのとなりで、きなばーとこてじーがくるくる自分のしっぽをおいかけるようにして、はしゃいだ。

きょうこそが、手作りごはん講習会《こうしゅうかい》の日。あゆとモモエが考えたメニュー、ラタトゥイユのアレンジを、ひろうする日だ。

魚とたまごは、おかあさんからわけてもらったけど、アマニオイルを買ったせいで、おこづかいを使《つか》いはたしてしまったので、あゆは、野菜《やさい》のぶんまで手がまわらなかった。

家にある野菜《やさい》はなんだかしなびていたし、せっかくの手作りごはんの講習会《こうしゅうかい》用《よう》に、新鮮《しんせん》な野菜《やさい》がほしかった。

——ありがと、木下《きのした》さん。木下《きのした》さんがいてくれて、ほんとうに助《たす》かった。

日ざしはダイヤモンドのようにまぶしいが、庭《にわ》をわたる風は気もちいい。土のにおい、緑《みどり》のにおい、空のにおいさえ伝《つた》わってくる。

そしていちばん濃厚《のうこう》な野菜《やさい》のにおいを、風はいっぱい乗《の》せてくる。

あゆは、こんどは、キュウリをもいだ。

キュウリは黄色い花をくっつけて、くの字に曲《ま》がっているけれど、みずみずしいつやがある。

あゆはいっしゅん顔をしかめた。

「虫がいる」

「あったり前じゃん。うち、薬《くすり》とかかけてないもん。自然《しぜん》のまんまだもん」

モモエがしらっと答えた。

「だからね、うちら虫と競争《きょうそう》してんの。どっちがさきに、おいしい野菜《やさい》を食べるか」

「虫と？」

「こんなちっちゃな虫でも、手ごわいんだぞ」

――へんなの、木下《きのした》さんって。

あゆはくすっとした。

「シオンちゃんたち、くるかな？」

「さあ」

もうすぐ約束《やくそく》の五時になる。きてほしい。

返事《へんじ》はなかったけれど。

「うち、きらわれてるじゃん」

モモエがしんみりといった。

「そんなことないよっ」

あゆは首をふった。

「そんなことないっ」

「あいつら、やっぱり、うちのことなんか……」

「マイカちゃんって、いい人なんだよ」

「笑《わら》っちゃうよな、あいつが、いい人？」

「そうやって、意地《いじ》をはるから、ふたりとも、意地《いじ》ばっかりはってるから……」

「はってねえよ」

「木下《きのした》さんも、マイカちゃんも、犬が大好《だいす》きなのは、いっしょでしょ？」

モモエがしょっぱい顔をした。

「あたしたちは、大好《だいす》きな犬のために、ごはん作りをがんばっているの。おんなじ仲間《なかま》なんだよ。ねえ」

——そうだよ、夏休みの自由研究《じゆうけんきゅう》、ワンコの手作りごはんを研究《けんきゅう》する友だちなんだ……。

「わかってるよ」

モモエがしぶしぶうなずいた。

「わかってるって。かわいいワンコのために、休戦《きゅうせん》してやるよ」

「もう、木下《きのした》さんたら」

あとは、マイカとシオンが、犬をつれてくればいい。

たったそれだけのことなのに……。

「弓田《ゆみた》、もう、五時をすぎたぜ」

モモエが時計を見ていった。

「う……ん」

「うちらふたりでやろう、しかたないよ」

「ま、まって」

庭《にわ》でラッキーの鳴き声がする。きなばーとこてじーのけたたましい声も。

あゆは、はやる気もちをおさえながら、庭《にわ》に飛《と》びだした。

「シオンちゃん！」

むねにチワワをかかえたシオンが、ぽつんと立っていた。

「ごめんね、おそくなっちゃった」

ラッキーときなばーとこてじーが、かけまわる円のまんなかで、シオンが、もうしわけなさそうな声をあげた。

「道、まちがえちゃったの」

「シオンちゃん……」

——よかった。シオンちゃんがきてくれた。

あゆはキキの頭をそっとなでた。ぴんと立った耳。絹糸《きぬいと》のような手ざわり。

大きな水晶玉《すいしょうだま》みたいな目で、あゆをじっと見る。

「かわいい」

ぬいぐるみみたい。やわらかくてたよりなくて、ラッキーの力強さとは正反《せいはん》対《たい》だ。

「木下《きのした》さーん、マイカちゃんね、パパのいなかに行ってるの。熊本《くまもと》よ、すごい遠いのよ。いつ帰ってくるか、わかんないって。もしかして手紙読まないで行っちゃったかもしれないから、わたし、メールしといたよ」

シオンが家のなかをのぞきこむようにしていった。

「メールか」

モモエが毒《どく》づいた。

「しゃーない、三人でやろうぜ、シオン、あがれよ」

モモエがいった。

「おじゃまします」

シオンがキキをだいたまま、台所《だいどころ》にやってきた。

「それでは」

あゆはいった。

「これから、ワンコの手作りごはんの講習会《こうしゅうかい》をはじめます」

「弓田《ゆみた》、がんばれ」

モモエがいった。

「まずは、メインのお肉のかわりに、お魚を使《つか》います。アジです」

「アジ？」

シオンが首をかしげた。

「おかあさんがおろしてくれました。安《やす》かったからって、いっぱい買ってきたの」

そう、このごろでは、おかあさんも手作りごはんをおうえんしてくれるんだ。

「野菜《やさい》は、トマト、キュウリ、ブロッコリーの赤ちゃんを使《つか》います、生でもいけます」

「赤ちゃん？」

「いちいち、うるせえんだよ」

モモエがにらんだ。

「ブロッコリーの新芽《しんめ》だよ、栄養《えいよう》があんの。おまえんとこのワンコにも、食べさせてみればわかるから」

「ちょっと、そこ、静《しず》かに」

あゆがせきばらいした。

「あとね、あたしがゆでたカボチャ、もってきました」

「カボチャは、『抗酸化作用《こうさんかさよう》』があるからな」

モモエったら、また、わけのわからないことをいいだした。

「緑黄色野菜《りょくおうしょくやさい》は、からだに、いいってことだよ」

――だったら、そういってよ。あたしにわかるように……。

「たまごと、チーズと、アマニオイル、ヨーグルトもそろっています」

「すごいね、なんか」

シオンが感激《かんげき》した。

あゆはトマトに包丁《ほうちょう》で、十字をいれた。それからナベに湯《ゆ》をわかし、トマトをおたまにのせたまま、ナベのなかで、くるんくるんとまわした。

「うまくなったじゃんか」

モモエがいった。あゆはてれくさかった。

――だって、木下《きのした》さんがこのやりかた、教えてくれたんだもんね。包丁《ほうちょう》で皮《かわ》をむくより、かんたん。

ふっと目をやると、モモエがフライパンにアマニオイルを引いている。

「アマニオイルって、超《ちょう》まろやか。はちみつみたいじゃん、うちはじめて」

モモエが味見して、にやっとする。

「ちょっと、まってよ」

あゆはモモエの手をおしとどめた。

「アマニオイルって、熱《ねつ》をとおすと、だめなの」

「え?」

モモエが口をあんぐりあけた。

「生のままがいいの。知らなかった?」

あゆはたたみかけた。

「ちゃんと読んでよ、びんのラベルに、そう書いてある」

「ごめん」

「わかればいいよ」

「このトマト、アマニオイルで、さっとソテーしようと思ったんだけど……」

「いいよ、湯どおししただけで、じゅうぶんだよ」

「でもさ、ソテーすると、赤い色がとってもきれいになるんだよね」

シオンが口をはさんだ。

「シオン、よく知ってんじゃん」

「だって、このあいだテレビでやっていたよ」

「ワンポイントクッキングだろ?」

「そうそう。わたし、あの番組けっこう好《す》き」

——なんだ、二人とも仲《なか》よくやってるじゃない。

あゆはくすっとしながら、トマトをつぶし、カボチャとからめるように、あえた。

オレンジ色のきれいなソースができる。

モモエが、となりでキュウリをすりおろしている。つんとした青いにおいが立ちのぼる。

「なんか、ふたりとも、シェフになったみたいだね」

シオンがとつぜんいった。

シェフ？

あたしだって、こんなふうに、木下《きのした》さんとならんで、ワンコごはんを作るなんて信《しん》じられない。

そうだ、木下《きのした》さんの夢《ゆめ》は、いろんな国をまわって、料理《りょうり》を覚《おぼ》えて、レストランをひらくことだ。

「ねえ、木下《きのした》さんは、どんなシェフになりたいの？」

あゆは思いきって聞いた。

「シェフっていったら、フレンチだろ?」

「かっこいい」

シオンが目をぱちぱちさせた。

「なれるよ、きっと、木下《きのした》さんなら」

あゆは心からそう思った。

シオンがうなずいた。

「名前もきめてんの。ビストロモモエ」

「うそ」

――ビストロモモエ?

あゆは大きな声で笑《わら》った。

だからか。ラタトゥイユはフランスの家庭料理《かていりょうり》だとモモエがいっていた。ラタトゥイユは、モモエが、ずっと前から作りたかった料理《りょうり》なのだろうか?

――あたしだって。

シェフはむりだけど……。

夏休みの自由研究《じゆうけんきゅう》なら、きっと、できる。やってやる。

あたしも負《ま》けちゃいられないぞ。

あゆは、アジの三枚おろしをさっと煮《に》た。ラッキーは多めに、きなばーとこてじーとキキは、少なめでいい。

——よっしゃ。

アジはふわっと身がふくらんだ。用意した器《うつわ》にこんもりともった。

アジの煮汁《にじる》といっしょに、トマトとカボチャのとろとろソースをかけ、すりおろしたキュウリとブロッコリースプラウトを、ちょこんと指《ゆび》でつまんでトッピングした。

あざやかなオレンジ色の海のなかで、緑《みどり》が、星くずのようにきらめいている。

「きれいだね」

シオンがいった。

あとは、たまごを半熟《はんじゅく》にして、さましてから、ぷるんとおとした。チーズとアマニオイルとヨーグルトをふりかけた。もちろんいっさいの調味料《ちょうみりょう》はなしだ。

「できました」

あゆはひたいの汗《あせ》をふいた。

「ワンコのための、夏野菜《なつやさい》とアジのラタトゥイユ風、弓田《ゆみた》あゆ特製《とくせい》の？　かな」

「なんじゃ、それ？」

モモエが笑《わら》った。

「きなばーとこてじーとキキちゃんには、アジをこまかくほぐしたからね」

「サンキュー、じじばばだから」

「うちは、子犬だしね」

シオンが笑《わら》った。

「キキちゃんは、ふだんがドッグ

フードでしょ？　きょうの手作りは、おためしってことで、どう？」

「うん」

「あのさ」

モモエがいった。

「ついでに、うちらのぶんも作って、みんなでいっしょに食べようよ」

「えー」

シオンがびっくりした。

「どうやって？」

「全部《ぜんぶ》、うちらが食べられる食材《しょくざい》だよ、これ」

そうだよ、ワンコといっしょに食事《しょくじ》ができるなんて、最高《さいこう》じゃないか。

あゆからバトンタッチして、モモエがこんどは、トマトソースを作った。あざやかな手つきで塩《しお》こしょうをした。

カボチャは、キュウリとブロッコリースプラウトといっしょに、マヨネーズであえた。

塩《しお》をふったアジを、おいしそうな焼《や》き色《いろ》がつくまで、あつあつにあぶった。

皿《さら》の中央《ちゅうおう》にアジをならべ、トマトソースをかけ、右上にカボチャのサラダ、左上に半熟《はんじゅく》たまごを、サイドメニューのようにしてきれいにもりつける。

チーズをのせ、スプーン一ぱいのアマニオイルを、円をえがくようにして、たらす。光のしずくのように、オイルがきらめく。

「へーえ」

シオンが感心《かんしん》した。

「人間が食べるほうは、ワンコごはんとは、ちょっとかえてみたよ。野菜《やさい》たっぷりめで」

「なんか、ほんもののフランス料理《りょうり》みたいだね」

あゆのことばに、モモエが耳まで真っ赤になった。

「ちょっといい？」

シオンが携帯《けいたい》で、かしゃかしゃ写真《しゃしん》をとった。

15

二学期《がっき》の夢《ゆめ》

たそがれがせまっていた。犬たちがふたたび庭《にわ》で鳴きはじめた。

「もう、うるさいな」

モモエが玄関《げんかん》に飛《と》びでて、ギャーッとわめいた。

――なによ、なにがおこったのよ。

あゆは、シオンといっしょにかけよった。思わず目を見ひらいた。

「マイカちゃん！」

どうして？

熊本《くまもと》じゃなかったの？

金色にかがやくきれいな犬といっしょに、マイカがつんとした顔で、こっちを見ているじゃないか。

「なによ、マイカの顔に、なんかついてる？」

「マイカちゃん、帰ってたの？」

もう、きょうは、おどろくことばかりだ。

「あのさ」

マイカがまゆをはねあげた。

「このちびっちゃいモップ犬と、弓田《ゆみた》さん、おたくのワンコ、ラッキーだっけ？……」

「な、なんだよっ」

モモエが負《ま》けじとくってかかった。

「アイちゃんに、超《ちょう》しつこいのよ」

ほんとうだ。

アイの後ろあしに、きなばーとこてじーが口をかくかく鳴らしながら、コバンザメのように、くっついている。

ラッキーはアイにすりよって、口角をもちあげ、しきりに笑顔《えがお》をふりまく。

「アイちゃん、こっちよ」

シオンが庭におりて、アイを呼《よ》んだ。キキを地面におろした。

きなばーとこてじーをふりきるようにして、アイがやってきた。アイは、キキと鼻《はな》づらをつきあわせ、うれしそうにしっぽをふった。

「きなばーもこてじーも、ふられたぞ」

モモエが叫《さけ》んだ。

「ラッキーもな」

「ううん、みんな、お友だちよ」

シオンがいった。

「さ、みんな、仲《なか》よく遊《あそ》んでね」

キキが小さなからだで、アイに突進《とっしん》して遊《あそ》びまわるのを、草の上にぺたんとふせをしたきなばーとこてじーが見ている。

ラッキーが、キキとアイのそばで、ウオンウオン鳴いて、仲間《なかま》にはいりたがる。耳をねかせ、笑顔《えがお》のままで。

あゆは、むねのたかなりが、おさえきれなかった。

「マイカちゃん、こないと思ったのに」

「午後いちばんの飛行機《ひこうき》で、きゅうきょ帰ってきたの。パパに急用《きゅうよう》ができたから」

「おそいんだよ、講習会《こうしゅうかい》はもうおわったんだ」

モモエが悪態《あくたい》をついた。

「だから、これでも、いそいで、やってきたのよっ」

「マイカちゃん、ありがとう。うれしいよ。木下《きのした》さんだって……」

心のなかは、きっとうれしいに決《き》まっている。

「やっぱりさ、夏休みの自由研究《じゆうけんきゅう》、とちゅうでやめるのは、いやだなって、よーく考えたら」

「そうだよ、マイカちゃん」

「弓田《ゆみた》さんから、手紙もらったでしょ。熊本《くまもと》に行っているあいだ、ずっと考えてたの。シオンからもメールがきてさ。おにいちゃん先生にも相談《そうだん》した。手作りがむずかしいとか、めんどう

くさいからとかいって、にげるのは、もしかしたら、アイちゃんのこと、真剣《しんけん》に考えてない証拠《しょうこ》かなって」

「マイカちゃん……」

「マイカ的《てき》には、ギブアップは、あってはならないの。とちゅうであきらめたことなんか、いままで、一度《ど》もなかったわ」

すごい自信《じしん》。

――でも、それが、マイカちゃんらしくて、いいところかもね。

「よーく考えたらさ、馬肉ばかりじゃなくて、馬肉にプラスする食材《しょくざい》がほしいなって思ったの、アイちゃんのごはん」

「うんっ」

あゆは笑顔《えがお》でいった。

「あんたたちが、なに作るんだか、見てやろうってね。視察《しさつ》にきたってわけよ」

「なんだよ、えらぶって」

モモエが口をはさんだ。

「いいじゃん、ほんとうのことなんだから」

マイカが無視《むし》した。

「それにしても、あんたたち、どんなの作ったの？　作れたの？　ほんとうに、作ったの？」

「おらおら、じゃまなんだよ」

モモエが、マイカをおしりでこづいた。庭《にわ》にブルーシートをしきはじめた。

「うちらのディナーが、これから、はじまるんだよ」

「意味《いみ》わかんない」

こんどはマイカがモモエに、ひじでっぽうをくらわせた。

あゆはいった。

「ワンコたちといっしょに、あたしたちも、同じごはんを食べるのよ」

マイカが目をぱちぱちしばたたいた。

「馬肉のお刺身《さしみ》なら、マイカも食べるけど」

「いいから、マイカ、台所《だいどころ》の皿《さら》、ならべろよ」

モモエが鼻《はな》であしらった。


日がおちて、すずしくなった庭《にわ》に、ブルーシートが海のような青を広げている。ラッキーもきなばーもこてじーも、キキもアイも、自分たちの器《うつわ》の前で、おすわりをしている。

「マイカちゃん、アジをメインに、トマトとカボチャのソース、キュウリや、たまごやチーズなんかをトッピングして、アマニオイルをかけてみました。ワンコ担当《たんとう》はあたしで、人間担当《たんとう》は、木下《きのした》さん」

「なにそれ？」

マイカがいった。

「アイちゃんのぶんは、ラッキーのぶんから、おすそわけするね。少し、量《りょう》たりないけど。あっ、マイカちゃんのぶんは、あたしと半分っこでいいかな？」

「ごめん、マイカ、お魚きらいなの」

「おまえ、いちいち、うるさいんだよ」

モモエがにらんだ。

「これ、おみやげ」

マイカがモモエをさっとかわして、紙袋《かみぶくろ》をつきだした。

「熊本《くまもと》でいちばんおいしいパン屋さんで、買ってきたの。マイカのいちおしフランスパン。きょうのメニューに、あうんじゃないかな」

マイカがいたずらっぽくいった。

「あっ、人間用にだよ」


「いただきまーす」

あゆのことばを合図に、ディナーがはじまった。

「おいしい」

シオンがいった。

「キキちゃん、ブロッコリーの赤ちゃん、はじめて、食べた」

「ほんと？」

マイカがいった。

「じゃあ、マイカも味見《あじみ》ね」

マイカが、自分の皿《さら》から、アジのひと切れを、トマトソースにひたしながら、口にもっていった。

「まあまあね」

カボチャのサラダをほおばった。

「こんども、まあまあかよ？」

モモエがからかい、にらみつけた。

「だから、ふつうにおいしいって」

あゆはぐったりと肩《かた》の力をぬいた。へんなつかれがどっとでてきた。それ以上《いじょう》にうれしさがこみあげた。

だって、モモエの庭《にわ》で、たくさんの犬たちといっしょに、ごはんを食べるなんて。

それも、同じ食材《しょくざい》で作ったごはんだ。ううん、モモエだけじゃない、マイカもシオンもいる。

四年生になったころは、話したことなんてなかったのに、いまは、こんなちかくにいる。

みんなで食べるごはんは、ちょっといつもとちがう。

「ラッキー、どう、味《あじ》は?」

ラッキーの器《うつわ》はすでにからっぽだった。

ラッキーは、きなばーとこてじーがゆっくり食べるのを、ものほしそうに見ている。

「あれ?」

あゆはびっくりした。

きなばーが、ラッキーの前に、自分の器《うつわ》を鼻《はな》でおしだすようにして、もっていったのだ。

「あー」

ラッキーときたらすごいいきおいで、きなばーのぶんまで完食《かんしょく》してしまった。

「ラッキー、こら」

「いいからいいから」

モモエが笑《わら》った。

「きなばーの愛《あい》だよ」

マイカとシオンが、おなかをかかえて笑《わら》った。


「きょうのメインは、アジだけど……」

食事がおわると、あゆはみんなの顔を見まわした。

「一週間もつづけたら、あきるので、つぎは、ブタや牛肉にしたり、またそのつぎは、トリにしたりと、いろいろメインをかえたいですっ」

――たまには、ラッキーにも、生肉なんて、あげたいな。

「ちなみに、うちのきなばーとこてじーは、イワシが好《す》きだよ」

モモエがいった。

「野菜《やさい》も、ニンジンのすりおろしとか、ゆでたキャベツにするとか……」

あゆはモモエの顔を見た。

「コマツナのベビーリーフも、木下《きのした》さんの超《ちょう》おすすめだよ」

ラッキーが鼻《はな》を上にむけ、ゴーと遠ぼえのような声で鳴いた。

――ラッキー……。

このあいだまで、かさかさしていた鼻《はな》もしっとりとぬれ、毛なみもすっかり夏毛にかわった。引きしまったからだは、元気そのものだ。

ラッキー、おなかがなおって、ほんとうによかったね。

「マイカ、超《ちょう》びっくりした。アイちゃんが、こんなに魚好《ず》きだったなんて」

マイカが片目《かため》をつぶってみせた。

「マイカも、お魚好《す》きになるね。アイちゃんに負《ま》けないようにね。弓田《ゆみた》さん、ありがとう」

「そんな……」

そんなこと……。

あゆはむねがいっぱいになった。

「そういえば、スイカがあったよ。デザートにどうかな?」

モモエがいった。

「さんせーい」

シオンがさっと手をあげた。


冷《ひ》えたあまいスイカを食べながら、あゆはみんなの顔を見まわした。

「手作り食をつづけるためには、むりしないことだと思うよ」

ラッキーがしゃきしゃき、スイカを食べている。目をきらきらさせて。

そうなんだ、この目のきらきらがだいじなんだ。

「でも、やっぱり、犬の命《いのち》にかかわってくるじゃんか、食べものっていうのは」

モモエがうでをくんだ。

あゆはうなずいた。

「だから、あたしたちの自由研究《じゆうけんきゅう》は、夏休みだけでおわらない……」

「どういうこと？」

マイカがきいた。

「あたしたちの手作りごはんは、まだ、はじまったばかりだよ。これが、完成《かんせい》じゃないんだ。これからなんだ。きょうのメニューは、野菜《やさい》が多めだったから、こんどは、へらすとか、そのぶん、タンパク質《しつ》をもっとふやすとかしないと。年齢《ねんれい》や体調《たいちょう》によってさ、サプリをつけたしたり、ほかにもいろいろあるかもね。あたし、もっともっと、いろんなこと勉強《べんきょう》したいから」

「うん、わかる」

シオンがあいづちをうった。

あゆはまたじっくりとみんなにむかっていった。

「ねえ、二学期《がっき》になっても、つづけようよ。ワンコの手作りごはん研究会《けんきゅうかい》を」

シオンがにこにこしていった。

「木下《きのした》さんちに、こうやって、また、四人で集《あつ》まりたいな」

あゆはモモエの顔をのぞきこんだ。

「木下《きのした》さんは？」

「うちは、べつに……いいけどさ」

「やった」

シオンが両手《りょうて》をあげて、あゆとハイタッチした。

あゆはいった。

「あたしたちのほかにも、クラスで、犬を飼《か》っている人っているると思うんだ。そういう人の意見《いけん》とかも聞いて。どんなごはん、食べさせてるのって
……」

「弓田《ゆみた》さん、それいいね」

シオンが大きくうなずいた。

あゆはわくわくした。

こんな夏休みはじめてだ。こんなに、二学期《がっき》がまちどおしいなんて。

「おにいちゃん先生も、きっと協力《きょうりょく》してくれるよね？」

「会ったの？　おにいちゃん先生に」

マイカがいった。

「ぐうぜんね」

「ねえ、イケメンでしょ？」

シオンがふざけた。

「まあ……まあかな？」

「なによ、まあまあって」

マイカがじまんげにいった。

「おにいちゃん先生は、マイカのいとこだもん。超超《ちょうちょう》イケメンなの」

それからちらっとモモエを見た。

「ねえ、モモエも会ってみたいんじゃない？」

「だっれが」

モモエがむきになった。

「うちは、ぜったいに会いたくない」

「うそうそ」

マイカがこづいた。

「むりしちゃって」

「うるさいっ」

「ほら、写真《しゃしん》あるよ、ここに」

マイカが携帯《けいたい》をだした。

「ほら、ほら」

モモエがぐっと目をつぶる。

「もう、ふたりとも」

シオンがあきれた。

あゆは笑《わら》いがとまらなかった。

「木下《きのした》さんも、マイカちゃんも、もういいから、スイカのおかわり、
まだ、あるわよ」

シオンがいった。

「ちょうだい」

モモエとマイカがそろって返事《へんじ》をした。

「あたしも！」

あゆはだれよりもいちばんに、みずみずしいスイカのひと切れを
つかみとった。

あとがき

この本を読んでくれたみなさんは、主人公《しゅじんこう》のあゆちゃんみたいに、おうちで飼《か》っているワンコのために、ごはんを手作りしてみようかな、って思いましたか？

もしそうだったら、本当にうれしいです。

私《わたし》が犬のごはんを手作りにしようと思ったのは、うちにもすごくくいしんぼうなワンコ、ミックス犬のさくらがいたからです。さくらもラッキーと同じように、捨《す》てられたワンコでした。

さくらは、私《わたし》が台所《だいどころ》に立つと、「ねえ、こんどは、なにを作っているの？」と目をきらきらさせ、私《わたし》をじっとみつめます。私《わたし》が最初《さいしょ》にチャレンジした手作りごはんは、煮《に》すぎてくたくたになった肉と野菜《やさい》のおじやに、たまごをどんとのせたものでした。それでも、さくらが、ぺろりとおいしそうにたいらげてくれたときは、やったーって思《おも》わずさけびました。

ごはんを手作りするようになって、私《わたし》にはびっくりしたことがあります。ウンチの量《りょう》がへって、コロンとした小さなバナナの形になり、毛並《けな》みがつやつやしてきたことです。ちょっとおでぶだったさくらのからだが、ひきしまり、笑顔《えがお》がいっぱいふえたのです。

でも、私《わたし》のお友だちが飼《か》っているワンコは、生肉中心の手作りごはんにしたら、おなかをこわしてしまいました。せっかくワンコのために手作りしたのに、かえってよくなかった、なんて場合《ばあい》も、あるかもしれません。

そんなときは、むりをしないでくださいね。

ドッグフードを中心にして、少しだけ手作りをとりいれてもいいんですよ。なんといっても、ワンコたちをよーく観察《かんさつ》してみてください。そして、おとうさんやおかあさんに聞いたり、この本にでてくるおにいちゃん先生みたいな信頼《しんらい》のおける獣医《じゅうい》さんに相談《そうだん》したりしてくださいね。

毎日《まいにち》手作りするのは、とてもたいへんだと思《おも》います。でもあきらめないで、たとえ週《しゅう》に一回でも、ごはんを手作りにしたら、ワンコたちは、おおよろこびでしょう。だって、大好《だいす》きな飼《か》い主《ぬし》さんの、心《こころ》のこもった手作りごはんなのですから。

もし、手作りごはんがうまくいかなくても、ワンコが食べているドッグフードのなかみを、よく見て、考えるだけでもいいと思います。おうちのワンコに、すこしでもいいドッグフードを食べてもらうためにも、家族《かぞく》みんなで話しあうのは、とってもとっても大切なことです。

二〇一八年　九月

堀　直子

■作家　**堀 直子**（ほり なおこ）

群馬県に生まれる。昭和女子大学卒業。『おれたちのはばたきを聞け』（童心社）で 第十四回日本児童文学者協会新人賞受賞。『つむじ風のマリア』（小学館）で、産経児童出版文化賞受賞。主な作品に『鈴とリンのひみつレシピ！』『犬とまほうの人さし指！』『魔法のレシピでスイーツ・フェアリー』『ベストフレンド ～あたしと犬と！』（ともにあかね書房）、「ゆうれいママ」シリーズ（偕成社）、『おかのうえのカステラやさん』『カステラやさんときんいろのおさかな』（ともに小峰書店）、『つの笛がひびく』（翠琥出版）などがある。埼玉県在住。

■画家　**木村いこ**（きむら いこ）

1981 年、奈良県に生まれる。イラストや挿画、マンガや立体作品など、さまざまな形で独自の世界を発表している。挿画の作品に『鈴とリンのひみつレシピ！』『おいしいケーキはミステリー！？』『魔法のレシピでスイーツ・フェアリー』（ともにあかね書房）、『ぼくのネコがロボットになった』（講談社）、『ねこ天使とおかしの国に行こう！』（PHP 研究所）、『まんぷく寺でまってます』（ポプラ社）などが、マンガの作品に『夜さんぽ』『いこまん』（ともに徳間書店）、『きなこもち』（マッグガーデン）などがある。東京都在住。

装丁　白水あかね
協力　有限会社シーモア

スプラッシュ・ストーリーズ・33

わんこのハッピーごはん研究会！

2018年10月15日　初版発行

作　者　堀　直子
画　家　木村いこ
発行者　岡本光晴
発行所　株式会社あかね書房
〒101-0065　東京都千代田区西神田 3-2-1
電　話　営業(03)3263-0641　編集(03)3263-0644
印刷所　錦明印刷株式会社
製本所　株式会社難波製本

NDC 913　173ページ　21 cm

ISBN978-4-251-04433-4
落丁・乱丁本はお取りかえいたします。定価はカバーに表示してあります。
https://www.akaneshobo.co.jp

堀《ほり》 直子《なおこ》の本

鈴《すず》とリンのひみつレシピ！

〈木村いこ・絵〉

鈴《すず》は、なんのとりえもない小学生。ところが、おとうさんの名誉《めいよ》ばんかいのために、料理《りょうり》コンテストに出ることに。犬のリンといっしょに、ひみつのレシピを考えますが……!?

犬とまほうの人さし指《ゆび》！

〈サクマメイ・絵〉

わかなは、ある日、魔法《まほう》のように犬を飛《と》ばせるユイちゃんを目撃《もくげき》。「アジリティ」というドッグスポーツを知ったわかなは、愛犬《あいけん》のダイチとユイちゃんを応援《おうえん》します！

魔法《まほう》のレシピでスイーツ・フェアリー

〈木村いこ・絵〉

みわは、空想《くうそう》がだいすき。調理同好会《ちょうりどうこうかい》のピンチに、「スイーツで『妖精《ようせい》の国』を作ります」といってしまいます。「スイーツ・ライブ」を開催《かいさい》することにした４人は力をあわせて……？

わんこのハッピーごはん研究会《けんきゅうかい》！

〈木村いこ・絵〉

あゆは、ラッキーのおなかが心配《しんぱい》。クラスのモモエに「手作りごはん」をおしえてもらいます。夏休みの自由研究《じゆうけんきゅう》で「犬の手作りごはん」を調《しら》べるあゆは、最高《さいこう》のごはんを作れるでしょうか？

ヨーグルト
DOG
DOG
ヨーグルト
DOG